AF218453

El amor después de los veinte

El amor después de los veinte

Linea Maja Ernst

Traducción de Marta Armengol Royo

Ｑ Plata

Argentina – Chile – Colombia – España
Estados Unidos – México – Perú – Uruguay

Título original: *Kun til navlen*
Editor original: Lindhardt og Ringhof
Traducción: Marta Armengol Royo

1.ª edición: septiembre 2025

Todo el contenido del presente libro, incluidas las imágenes e ilustraciones de cubierta, es original y se encuentra sujeto y protegido por las actuales normativas de Propiedad Intelectual españolas y europeas. Su uso y/o reproducción, ya sea total o parcial, para el entrenamiento de tecnologías o sistemas de inteligencia artificial, así como cualquier tipo de minería de datos, queda terminantemente prohibido. El editor en tanto que titular de los derechos de la obra ejecutará las acciones que considere necesarias ante cualquier uso no autorizado.

Reservados todos los derechos. Queda rigurosamente prohibida, sin la autorización escrita de los titulares del *copyright*, bajo las sanciones establecidas en las leyes, la reproducción parcial o total de esta obra por cualquier medio o procedimiento, incluidos la reprografía y el tratamiento informático, así como la distribución de ejemplares mediante alquiler o préstamo público.

Copyright © 2024 *by* Linea Maja Ernst,
Lindhardt og Ringhof Forlag A/S
All Rights Reserved
© de la traducción, 2025 *by* Marta Armengol Royo
© 2025 *by* Urano World Spain, S.A.U.
Plaza de los Reyes Magos, 8, piso 1.º C y D – 28007 Madrid
www.letrasdeplata.com

ISBN: 978-84-10439-01-6
E-ISBN: 979-13-87557-89-8
Depósito legal: M-15.467-2025

Fotocomposición: Urano World Spain, S.A.U.
Impreso por: Rodesa, S.A. – Polígono Industrial San Miguel
Parcelas E7-E8 – 31132 Villatuerta (Navarra)

Impreso en España – *Printed in Spain*

DÍA 1

Sylvia va en el asiento trasero. Se arrellana, cambia de posición, apoya los pies en el asiento del conductor. Le encanta que las orejas de Charlie sean casi translúcidas, que a contraluz esa piel tan fina se vuelva sonrosada como el interior de una caracola. Sylvia le da un toquecito en el lóbulo con el dedo gordo del pie. Charlie le agarra el pie y le da un apretón cariñoso.

—Mejor siéntate bien.

Aunque Sylvia no cree que el reglamento de circulación tenga vigencia en mitad del bosque, se endereza a medias, se sienta en la postura del loto y entonces nota que se le han remetido las bragas, así que se desabrocha el pantalón corto y mete la mano para ponérselas bien; se hurga entre los labios vaginales con el dedo hasta devolver el refuerzo de algodón a su sitio. Se lleva la mano a la nariz; siempre le ha gustado ese olor, un poco a mar, un poco a blancura, un poco a flores.

Leyó hace tiempo en algún sitio que ese olor, usado como perfume, tiene un efecto afrodisíaco.

Se frota con el dedo detrás de las orejas y se ahueca el pelo con las manos.

Por la ventana ve pasar el bosque. La carretera de asfalto se convierte en un camino de grava, la luz veraniega se oscurece. Están recorriendo la parte más antigua del

9

bosque. Falta poco para San Juan, está todo verde, frondoso, húmedo. Los troncos nudosos de las hayas, el musgo luminoso, árboles que el viento ha arrancado de raíz, pinos, carpes de siete troncos cuyas copas se elevan hacia el cielo, se derraman por encima de la pista forestal, se reflejan en el capó de color berenjena del Volvo, un coche lleno de esquinas que pide a gritos la jubilación, pero del que Charlie se niega a deshacerse por razones sentimentales.

«¿Por qué no te sacas el carné?», le preguntó una vez Charlie, y Sylvia respondió que es demasiado despistada, que se quedaría dormida al volante, que se asusta por nada y enseguida se pone a hacer aspavientos, y la cosa parece muy graciosa hasta que acaba con un peatón atropellado en un giro a la derecha.

Charlie conduce con seguridad. Las manos bien puestas en el volante, unas manos que Sylvia nunca se cansa de mirar. No para de pensar que le parece un rasgo de carácter, que lo de tener carné de conducir es una cosa muy *butch*, que es algo de adulto; en cualquier caso, una cosa que demuestra que lo tiene todo bajo control. Aunque ahí en Himmerland, en provincias, evidentemente todo el mundo tiene carné. Pero para una académica urbanita, la juventud tiene un aspecto muy distinto, y opina que todos los aspectos prácticos como, por ejemplo, un carné de conducir dicen algo interesante del propio carácter.

Sylvia se siente más pasajera, más de los que se sientan detrás. Le gusta que la lleven arriba y abajo, que Charlie nunca ponga mala cara para ir a recogerla.

Charlie, que es casa, que es un acantilado al sol. Se miran por el espejo retrovisor. Qué ojos verde musgo que tiene. Charlie le sonríe.

—¿Estás cansada?

—No, ¡tengo muchas ganas! Hace mil años de la última vez que estuvimos todos juntos.

—Cuéntame otra vez lo de la casa de verano.

—Es una casa de guardia forestal —la corrige Sylvia—. De los padres de Karen.

Charlie aparta la mirada con una sonrisita.

—Vale, ¿y qué es una casa de guardia forestal?

—Pues es… no lo sé exactamente. —La sonrisa de Charlie se ensancha—. Pero suena muy romántico y muy específico, ¡y eso a mí me gusta!

—Solo faltaría que tus amigos tuvieran una casa de verano normal y corriente —dice Charlie con una sonrisa mientras pone el intermitente con diligencia, a pesar de que la carretera está desierta—. Ellos también son muy románticos y específicos y redichos.

—¡Son muy majos! —dice Sylvia.

—Sí, eso también.

Sylvia sabe que a Charlie la idea de estar con sus amigos la pone nerviosa.

—Estarás conmigo —dice Sylvia.

Esben y Karen ya las están esperando en la casa. Está junto a un lago, pero GPS en el móvil de Charlie empieza a fallar. Ahí hay poca cobertura, la conexión en el bosque es viejísima.

Gry también va de camino y su coche no debe de andar muy lejos.

—¿Siempre habéis sido todos tan buenos amigos? ¿También cuando estabais en la uni? —pregunta Charlie.

—Al principio los más cercanos éramos Esben, Karen y yo. Y luego Haya y yo nos hicimos mejores amigos. Y Karen y Gry han empezado a verse más los últimos años

11

porque están en la misma fase vital, con trabajos adultos y relaciones adultas.

Charlie la mira a través del retrovisor.

—Pero vamos, que somos todos muy amigos —dice Sylvia con una sonrisa.

Llevan horas en el coche, salieron de Copenhague sobre mediodía y ya está atardeciendo, aunque aún hay luz. Fue idea de Gry lo de no llegar muy tarde y se encargó de coordinarlos a todos: «¿Os importa llegar a cenar pronto? Con los niños es más fácil».

Sylvia preferiría que las horas de la cena y de acostarse fueran sin niños, pero igualmente tiene muchas ganas de dar un abrazo a sus amigos. Y de ver a Esben. Le gusta mucho la persona en la que se convierte cuando está con él.

Charlie carraspea.

—Ya veo el lago. Habrá que despertar a Haya.

Haya lleva la mayor parte del trayecto dormido al lado de Sylvia, con la cabeza apoyada en la ventanilla. Cuando han llegado a recogerlo y lo han encontrado hecho polvo, él se ha excusado diciendo que estaba de resaca de ayer; en un pómulo tiene restos de purpurina verdiazul que relumbra a la luz del crepúsculo. Anoche estuvo de fiesta, acabó bañándose en el mar de madrugada con un montón de nuevos amigos y antes de ir a bailar asistió a un recital de poesía. Hubiera preferido que lo recogieran un poco más tarde, pero ha aguantado el tipo, se ha mantenido despierto y parlanchín la primera parte del camino, aunque lleva dormido desde que pasaron por Fyn. Entre bostezos, antes de quedarse frito, les ha hablado de su velada, les ha dicho que conoció al chico más guapo que ha visto en la vida, Cosmos, aunque por desgracia no fueron más allá de un apretón de manos. Y luego se ha quedado profundamente dormido. Sylvia admira esa capacidad que tiene Haya de enamorarse rápidamente de otra persona y luego olvidarse como si nada.

Tuercen por una pista forestal más estrecha y atravesada de raíces, cubierta con un manto de agujas de pino, que los lleva al otro lado de una pequeña península que se adentra en el lago. Es un lugar recóndito lleno de abetos azulados. Una pequeña franja de orilla, agua transparente sobre el fondo de arena luminoso. Un brasero en el jardín.

Aparcan junto a la orilla y Sylvia se gira hacia Haya para tocarle la rodilla. Él se despierta, se endereza, se encoge de hombros.

Y ahí está la casa, donde los árboles dan paso al bosque. Pintada de negro entre los abedules, con cimientos de piedra, un grueso tejado de paja dorada y una terraza donde da el sol. Parece vieja, robusta, con su chimenea tosca que no desmerece un cierto aire refinado, con un porche blanco de amplias arcadas que rodea los ventanales y las puertas de la terraza. Hay una glicinia retrepada en la baranda cuyas flores cuelgan como visillos y ahí está Esben, que los saluda con entusiasmo y abre los brazos mientras se les acerca, irradiando torpeza con su lenguaje corporal además de tensión, como si siempre tratara de sobreponerse a su timidez congénita, como si se emperrara en ser cordial. Es irresistible. Antes de que le dé tiempo de pensarlo, Sylvia sale del coche de un salto para lanzarse a sus brazos. La barba mal afeitada, la

13

camisa, las bermudas de tela fina. Se rapó el pelo hace poco y ya empieza a crecerle, y a ella le da por pensar que, con sus gafitas de montura metálica, parece un poeta alemán idealista del siglo pasado, un personaje remoto y romántico, como el paje de una carta del tarot, un joven caballero de la época feudal.

Pero lo tiene delante en carne y hueso, reconoce su postura, su forma de relajarse cuando está de pie, meciéndose un poco; la rodea con los brazos y se quedan un rato así. No es un abrazo de cortesía, es un buen achuchón, y ella acaba con la nariz pegada al cuello de su camisa.

—¡Cómo me alegro de verte!

Sylvia se zafa con cuidado para que Esben también salude a Charlie y a Haya. Este vuelve en sí en mitad de aquel paisaje vibrante mientras Sylvia, Charlie y Esben charlan; parpadea, amodorrado, y se deja avasallar por el entorno. El cielo del crepúsculo es de un color rojo acuarela, la linde del bosque es un estallido de ruda cabruna y amapolas, y la hierba parece mullida como un colchón que pide que se le tumben encima. El lago de Madum, transparente y quieto, es un claro de agua; abedules como guardianes blancos mojan las ramas en el agua, las hojas se estremecen bajo la brisa como una cortina ansiosa por descorrerse, como un redoble de tambor contenido.

Haya nota que la expectación se abre paso en él. *¡Aquí lo vamos a pasar de miedo! Tenemos una semana de bosque, de lago, de estar juntos.* Una semana de fiesta, de tomar el sol, de largas sobremesas, de pasarse las noches de verano charlando sin parar como en una tertulia televisiva brillante y divertida, incansables hasta que amanezca. ¿Y bañarse desnudos? ¿Y montar una

14

rave en el bosque? Se ha traído unos *outfits* que son pura fantasía.

En los últimos años, el grupo de amigos no para de repetirse: «Tenemos que vernos más». Y entonces pasan tres, seis meses. Nacen más niños, surgen más obligaciones. Cambio de trabajo, comprarse un piso. Los años los han vuelto más sedentarios. Pero también mayores, menos inseguros.

Y, sin embargo...

Cuando todos eran jóvenes juntos, él no formaba parte del grupo, no del todo. Siempre tuvo la sensación de que no podía ser él mismo de verdad. Es ahora cuando está viviendo su juventud, o algo incluso mejor, y tiene muchas ganas de compartirlo con los demás.

Gira la vista hacia el lago, nota las miradas de los otros.

El agua de tonos morados parece muy lisa, de una transparencia extraordinaria que permite ver la arena del fondo, y la orilla está bordeada de un montón de plantas acuáticas con flores blancas, dan ganas de pegarse un chapuzón ya mismo. Haya cierra los ojos.

Ahí plantado, lo siente: en un lugar como ese, la idealización se hace sola.

Y entonces Karen abre la puerta de la terraza de par en par y sale a la luz del crepúsculo para saludar a los recién llegados. Los saluda con la mano, pero no hace ademán de acercarse, son ellos quienes se aproximan. Karen ha sido siempre un regalo para la vista. Con sus largos cabellos élficos, su cuello de cisne, unos pómulos tan altos que saludan a Dios, la edad la ha vuelto más delgada, y también más fuerte; la fuerza que bulle en su interior no entiende de músculos, se manifiesta en su fragilidad.

15

Tiene aspecto de princesa, pero en realidad es una guerrera, una fortaleza.

A Haya le entran ganas de arrodillarse ante ella, no en plan enamorado, sino como muestra de respeto porque tanta belleza, tanta dignidad, y la luz cálida del atardecer que se refleja en ella como un foco le inspiran devoción. Pero, si lo hace, Karen pensará que se burla de ella; no tiene ni un ápice de teatralidad, así que la abraza, todos la abrazan uno detrás de otro. En el grupo de amigos el abrazo es el único saludo que emplean, un saludo igualitario, amorfo, de cuerpos que se funden en un gesto platónico. Haya se da cuenta, divertido, de que Karen tolera los abrazos, aunque no le encantan, y de que quizá sí que hubiera preferido que se arrodillara ante ella como un escudero, pero bueno.

No diría que Karen es una persona tierna, pero es justa, tiene algo de inflexible, de bondadoso y férreo. Recuerda la vez que fueron al parque de atracciones de Bakken a celebrar su cumpleaños y le conmovió de tal forma estar allí que se mostró tal como era, la alegría infantil de celebrar, los gritos en la montaña rusa, los churros aceitosos, y Karen y él se pusieron en la cola porque eran los únicos del grupo que se atrevían con las atracciones más fuertes, aunque a ella no le iban mucho, pero no quería dejarlo solo, y al llegar al final de la cola la arrastró al extremo del andén para ponerse en el primer vagón mientras le explicaba, lleno de agradecimiento, que lo más divertido es ir delante de todo porque así se nota más la adrenalina, la sensación de vacío en el estómago, y ella asintió como si nada mientras un grupito de adolescentes bajitos se les colaban. Haya los hubiera dejado pasar, se dijo que no eran más que niños, aunque en realidad se siente algo amedrentado cuando se topa con grupos de chicos, pero Karen les pegó un grito: «¡Eh! Estábamos en la fila para ir en el primer vagón, no os podéis colar». Y él la amó profundamente por ello, porque les cantó las cuarenta a los jovencitos, porque es una mujer de principios que lo protegió.

Karen les enseña sus respectivas habitaciones. A Haya le toca una que da al oeste, con vistas al lago y a la puesta de sol. Es una habitación de niño, con las vigas de color claro, una cama individual, con una jofaina bajo la ventana, de madera noble y con encimera de mármol, con su palangana y su jarra de agua esmaltada de blanco, un ramo de flores silvestres que ya empiezan a languidecer sobre el mármol, un espejo antiguo lleno de manchas. Karen se queda un momento en la puerta.

—Espero que te guste. La han decorado mis padres, se han pasado un poco.

—Me encanta que se hayan pasado —responde Haya con una sonrisa—. ¡Una buhardillita!

—No, una buhardilla tiene que estar en el primer piso o justo bajo el tejado —lo corrige Karen con aire ausente antes de dar media vuelta para llevar a Sylvia y a Charlie a su habitación. Él se muerde la lengua. Abre la ventana. Tiene malvarrosas justo delante que repican suavemente contra el alféizar y dejan pasar el aire vespertino; la brisa le trae el aroma de las matas de saúco como un polvo dulzón que se mezcla con el olor a agua salobre. Esas vistas lo ponen fuera de sí, todo le resulta tremendamente prometedor. ¿A qué película le recuerda esa tarde lánguida de verano, las flores blancas entre la hierba crecida cuyo nombre desconoce pero que proclaman a gritos que es junio? Ahí plantado, de repente desearía ser un tipo

17

introvertido, reservado, para tener ocasión de soltarse, dejarse llevar por los días largos llenos de sol y bosque, como aflojarse una corbata. El caso es que él ya está todo lo liberado que se puede; ni siquiera sabe cómo hacerse el nudo de la corbata, aunque seguro que alguno de los demás le enseñará; se le da bien pedir ayuda.

Al ver ese paisaje, una parte más infantil de él recuerda la película *Dunderklumpen!*, en la que, a lo largo de una larga noche de verano escandinava, los juguetes cobran vida. De niño soñaba mucho despierto, todavía lo hace, ¿cómo no va a hacerlo cuando los árboles del bosque se arraciman como un coro verde oscuro de San Juan? Le hace pensar en una tragedia griega, en algo shakespeariano. Es fácil imaginarse a Puk, a Pan, a un fauno sexi en el margen del bosque, entre los juncos de la orilla del lago. Raudo, semidesnudo, con flores en el pelo, tal vez ataviado con prendas de ropa que los enamorados se han dejado olvidadas en las profundidades del bosque a lo largo de los años; unas medias a modo de largos guantes de color humo, una camisa hecha jirones, braguitas de encaje. Con el pelo revuelto y los ojos claros. Si todo aquello fuera una película o una obra de teatro, Puk aparecería en escena para presentar la trama frotándose las manos: seis amigos en una casa de verano durante una semana.

Oye un zumbido a lo lejos. Otro coche que llega y aparca con maestría. Un Tesla amplio de color gris claro, el coche familiar definitivo, de un brutalismo preciso a su modo funcional, como si hubiera venido a subrayar el paisaje bucólico que Haya ve desde su ventana. *Era demasiado bueno*, se dice; es un contraste excelente y Gry por fin ha llegado, menos mal, porque odia esperar.

Se baja Gry, con su pelo alborotado e indomable sometido con dos trenzas de raíz, una blusa de mangas abullonadas, sus caderas de diosa enfundadas en un vaquero de madre carísimo. Qué maravilla verla conducir como un Brian cualquiera, que haga rugir un Tesla, se dice Haya, porque por lo demás Gry es muy apocada y le gusta ver ese lado de ella. Saca a sus niños rubicundos del asiento trasero. Vera y Sejr parecen hinchados bajo aquel calor, casi pegajosos, pero quizá los niños pequeños siempre tengan ese aspecto. Vera tendrá unos cinco años y Sejr, tres.

Entonces se abre la puerta del copiloto.

Vaya, ¿él también ha venido?

Alto y luminoso, un dios del sol licenciado en ciencias políticas. Hay hombres que parecen esculturas de Apolo, que tienen unos rasgos tan simétricos que los hacen parecer racionales, como uno de los muchachos del vitalismo, de lo peorcito. Con solo ver a Adam es evidente que ha estado sano como una manzana desde que era un niño de rebeldes cabellos rubio platino que jugaba al fútbol. Un niño que suscitaba tanto miedo como admiración reticente en el patio de recreo. Una forma particular de masculinidad, para nada ruda sino airosa, replegada en sí misma y, por lo tanto, aún más intimidante. Una camisa de Oxford. Un buen corte de pelo.

Haya se aparta de la ventana.

Gry suele venir sola cargada de buenas excusas y es por eso por lo que Haya solo ha visto a Adam un par de veces. El motivo oficial es que Adam está muy ocupado siendo asesor especial o jefe de gabinete o lo que sea que hace en algún ministerio que Haya no recuerda. Solo sabe que es de los importantes (uno que tiene que ver con responsabilidad, con trabajar de pie en un escritorio de altura regulable y gobernar con una brutalidad serena, supone), pero imagina que las ausencias de Adam están más relacionadas con el poco interés que siente por el grupo de amigos compuesto de humanistas, literatos, artistas de poca monta, *queers* emperifollados. No va a permitir que Adam, que parece un anuncio de la revista *Euroman*, le estropee aquella imagen idílica todos estos días.

Pasa lista y corrige: seis amigos más Adam.

Se deja caer sobre la cama individual de su cuarto. Capta un atisbo de su imagen en el espejo: él y la almohada están teñidos de la luz dorada del sol poniente, sacude un poco sus rizos; le sienta bien lo de arrojarse en el diván. Reflexiona un momento. ¿Se dice «arrojarse», o mejor «dejarse caer»? Leyó que antes había una palabra para tumbarse en plan dramático y le gustaría mucho recuperarla.

Esben llama a la puerta de su habitación y Haya se incorpora sobre un codo.

—Han llegado Gry y Adam. ¿Vienes a comer?

Adam tiende una mano y se presenta.

—Ya nos conocemos —dice Haya.

—Ah, sí, es verdad… ¿Matcha, te llamabas?

—Haya —responde él mientras entorna los ojos. Se sientan a la mesa, van a comer fuera. Esben ha preparado la comida y Karen se pone de pie en un extremo de la mesa.

—A cenar todos. Vamos a comer perca a la plancha, que Esben ha pescado ilegalmente en el lago.

Todos se ríen ante el tono con el que Karen confiesa el crimen. Esben sonríe a todos con un aire inocente no exento de orgullo y hace un gesto para indicar que no ha sido nada.

—¡Hay un montón, entran ganas de pescarlas todas!

—¿Y qué más hay?

Puré de yuca, un plato sudamericano que lleva mucho almidón hecho a base de una raíz que Esben les explica que contiene ácido cianhídrico y, si no se quita toda la piel y se cocina correctamente, puede ser letal. Normalmente ese tipo de información pone a Sylvia de los nervios y, la verdad, la posibilidad del envenenamiento colectivo no le hace ninguna gracia, pero, tratándose de Esben, prefiere correr ese riesgo a no parecer cosmopolita, relajada y segura de sí misma. Así que revuelve el plato con los cubiertos antiguos de la casa. Si es verdad, al menos morirán todos juntos.

Hace doce años que se conocen: Sylvia, Esben, Karen, Gry y Haya, que entonces se llamaba de otra manera. Iban a la uni en bici a primera hora y se encontraban en el aula magna. Estaban más delgados, más ansiosos. Clavaban los ojos en la mesa antes que mirar a los demás. Teoría de la literatura, Historia de la cultura moderna, semestre tras semestre. Idolatraban a sus profesores, que eran dioses del Olimpo, tan magníficos como infalibles, cada uno reducido a un arquetipo: el genio freudiano, un marxista tímido vestido de Balenciaga, un profesor de mediana edad que siempre se arrimaba demasiado a sus alumnas con una pose estudiada para que le cayera un mechón de pelo en la frente. «Flirtea con todos», murmuraba Sylvia, irritada, «¿por qué conmigo no?».

El grupito empezó hablando de sus profesores entre clase y clase, acababan apoltronados en bares y pidiendo los cafés y cervezas más baratos que tomarían en la vida; con el tiempo fueron confesando lo poco que comprendían de las teorías que estudiaban, pero poco a poco se volvieron más avispados, despertaron bajo las luces tenues de la biblioteca, desarrollaron cuidadosamente un gusto personal, una preferencia por la ecocrítica, los estudios de género, el círculo de Bloomsbury o el nuevo periodismo. Hincando codos sobre sus respectivos compendios, pensaban: «Soy un fracaso» y, al rato: «En esta biblioteca todo el mundo me desea».

Todos los estudiantes del curso habían sido los más brillantes de sus respectivos institutos y sintieron alivio por haber encontrado un hogar a la vez que sufrían por la humillación inesperada de saberse en la media por primera vez en la vida, del montón. Ya no sabían quiénes eran; eran más que nunca ellos mismos y no querían que nadie lo supiera, pero también necesitaban que todos se enteraran. Celebraban fiestas en los pisitos que compartían entre cuatro; irónicos, bebiendo piñas coladas en tarros de mermelada que no tenían ironía alguna se hicieron amigos, se enamoraron entre ellos, se besaron una noche, pero no significaba nada, ¿acaso significaba algo cualquier cosa? Karen y Esben empezaron a acostarse con la misma facilidad y angustia con la que lo hacían todo. Y Sylvia pensó «es una fase», porque todo lo que hacían era una fase. Pero lo de Esben y Karen se volvió cada vez más sólido, viajaron juntos por todo el mundo, regresaron a casa y ya han pasado muchos años.

Todos tienen relaciones estables, vidas estables.

Hubo una época en la que se veían todos los días, pero ahora es muy de tarde en tarde; no es que hayan descuidado la amistad a propósito, pero las cosas son como son.

Hay bebés de por medio, parejas, carreras, muchos quehaceres. Hay encuentros en parques, en cafeterías, se ponen al día de las respectivas vidas sin ser ya parte de la de los demás.

Ha pasado demasiado tiempo, pero por fin están juntos. Sylvia mira a sus amigos sentados a la mesa. Qué felicidad, la puesta de sol, el canto de los mirlos, licor de grosella y el susurro entre los abedules y, si alguien dice aunque más no sea media palabra sobre los intereses de su hipoteca, se va a poner a gritar y no va a parar jamás. Esben, el poeta reticente convertido en pescador furtivo. Lleva la misma chaqueta ajada de ante de color frambuesa que tiene desde que se conocieron.

Gry se inclina hacia él.

—Acabo de terminarme tu libro, Esben. Qué conmovedor. Se lo voy a regalar a todo el mundo —dice.

—Ay, gracias, ¡cuánto me alegro! —responde él con una sonrisa, aunque no tiene ganas de hablar más del tema. Esben es muy educado, pero lleva mal ser el centro de atención. A Sylvia le da por pensar que los últimos seis meses se le deben de haber hecho difíciles, porque sus dos libros anteriores fueron obras pequeñas, serias y preciosistas, que solo dieron que hablar en un entorno muy reducido, pero el más reciente, sobre su madre, ha causado sensación.

Esben le pasa una bandeja a Adam cargada de endivia amarga, hojas de escaramujo y grosellas que relucen contra la tela robusta de color arena de su camisa de Oxford. Adam está hablando de los vinos que Gry y él han traído: el que están tomando es muy puro y sencillo, sin tonterías, las uvas mermadas de una estación sin lluvia azotadas por un sol despiadado le dan un sabor limpio, un vino que sabe a vino, es más tosco en boca, con un buqué más sucio y rancio.

Gry está contenta de que Adam la haya acompañado por una vez. Karen le confesó el secreto para que entendiera lo importante que era que le insistiera a su marido. Sus amigos no conocen mucho a Adam, pero les caerá bien si pasan algo de tiempo con él, y él tiene a Karen para hablar, están los dos hechos de la misma pasta, se ven todos los programas de tertulia política, entienden perfectamente todo lo que se dice en cualquier rueda de prensa y, sobre todo, lo que no se dice. Adam no siente ningún tipo de apego por su trabajo, es sincero hasta las trancas y siempre ha seguido sus propias reglas, y ahí lo tiene, hablando con Karen del ministro para el que trabaja y por el que no siente ningún respeto.

Karen lo escucha hablar atentamente, pero no se deja embrujar por su aplomo y, recostada en su silla, le hace preguntas con aire crítico. Adam habla deprisa, como hace siempre cuando quiere convencer a alguien de que tiene razón. Karen hace que la gente quiera ponerse a su altura. Hace mucho tiempo que Gry se acostumbró a convertir el aguijón de la envidia en admiración. De lo contrario, no soportaría estar cerca de Karen. Uno tiene que conformarse con estar a su sombra. A Gry le da por pensar que Karen nunca ha dudado de su belleza ni de su inteligencia, se pregunta qué se sentirá al ser mujer sin el menor complejo de inferioridad, sin notar la menor presión. Karen es imparable, entra en cualquier local de moda con el aplomo de Margaret Thatcher y la cara de Grace Kelly. Trabajaba como modelo cuando se conocieron en Teoría de la literatura, pero nunca se dio importancia con lo de ser modelo, como si fuera algo insignificante e inferior a ella. Se presentaba siempre como la periodista en la que acabó convirtiéndose y dejó que sus días de modelo llegaran a su fin tan pronto como consiguió un trabajo fijo. La hicieron redactora jefe de la sección de sucesos nacionales. Esben y ella: una pareja estelar y del todo incomprensible.

Esben se levanta para entrar en la casa, se detiene tras la silla de Sylvia para revolverle el pelo, su pelo negro que parece un nido de pájaros en permanente estado de desorden que le cae por los hombros, la fina camiseta de tirantes que deja muy claro que no lleva sujetador. A Gry siempre le hace gracia preguntarle a Sylvia a qué se dedica últimamente porque siempre hay algo nuevo, Sylvia siempre ha tenido mucha confianza en sí misma, pero es una confianza peculiar, como una mariposa; transmite desde siempre una impresión de libertad, de estar muy a gusto teniendo lo contrario a una carrera. De repente trabaja como conserje en un museo dejado de la mano de Dios, escribe proyectos diversos que siempre acaban en nada, un guion de serie de televisión, ensayos; hubo una época en la que le dio por pintar, luego se pasó dos meses en Canadá para trabajar en una granja de agricultura regenerativa, con un estado de ánimo oscilante, siempre exaltada. Sylvia parece feliz bajo la luz del sol que le calienta la cara cuando le agarra la mano a Esben.

—Oye, ¡qué bueno está todo! ¡Y qué maravilla este sitio! Qué alegría que estemos aquí todos juntos.

Es hora de acostar a los niños, Gry regresa a la mesa apenas un cuarto de hora después y le parece que percibe el ambiente de antes zumbando entre todos, alrededor de la mesa, porque vuelven a estar todos juntos. La conversación recorre caminos conocidos, los chistes de siempre, bobadas muy cuidadosamente seleccionadas. ¿Y si ponen música? ¿Y si ponen la lista de reproducción de la celebración del 50 cumpleaños del príncipe heredero? ¿Ahora hay que llamarlo «rey»? ¿O un disco de David Owen? No, el disco de Michael Carøes de versiones en inglés, propone Gry, y los demás están de acuerdo. A ella le alivia haber acertado.

La velada es generosa, la luz permanece durante un largo rato, se regodea, son las nueve, ay, me quedo una hora más, la oscuridad llega despacio como un manto azul claro que le pasa el brazo por los hombros a la puesta de sol, como una caricia, no una amenaza, imposible no seguir bebiendo.

—¿Y qué vamos a hacer? —pregunta Gry. ¿Cómo van a organizarse estos días? Propone repartirse la cocina, a ella le encantaría cocinar.

Es como si tuviera ganas de levantarse de la mesa, piensa Haya, que se retrepa en su silla, se descuelga por el reposabrazos. Gry no transmite ansiedad y es fácil relajarse en su compañía, no le da mala conciencia. *Es tan cuidadora...*, piensa también. A muchas, la maternidad las deja ajadas, hundidas, totalmente agotadas, pero en Gry ser madre es algo natural, sublime. Siempre ha parecido fuerte de un modo muy femenino; cuando estudiaban iba siempre con una esterilla de yoga al hombro como un carcaj, sigue teniendo un aire juvenil con su pelazo, sus trenzas, sus mejillas sonrosadas. Y a la vez parece una madre eterna; cuando alza a sus hijos con sus brazos formidables se le marcan los tendones en los antebrazos y el dorso de las manos. Tiene el aspecto de alguien que se pasea por ahí con una fuente llena de masa de pan apoyada en la cadera y el pelo recogido con un práctico pañuelo de cuadros, ágil y fuerte. Y al verla ahí sentada, sacando una labor de punto, siente que la rodea un aura de paz que los envuelve a todos. Como si en cualquier momento fuera a aparecer un ciervo para ponerle la cabeza en el regazo. A cualquiera le entrarían ganas de poner la cabeza en el regazo de Gry. Desearía caerse y hacerse daño para recibir su consuelo. *Quizá a Gry le sienta tan bien la maternidad porque siempre ha sido como la madre de todos*, piensa Haya. Pero no la esposa tradicional, eso no. Su ropa de punto, su compota de ruibarbo no podrían ser más modernas. Está tejiendo un jersey de color verde militar con un patrón que parece sacado del museo etnológico, como la niña de Egdtved transformada en *hipster*, y le ha puesto pimienta rosa a la mermelada de ruibarbo que ha traído porque no ha podido evitarlo.

Haya le llena la copa a Gry de vermú de grosella negra, añade Campari, ginebra, y se arrima mucho a ella para que no se levante.

—No quiero que te pongas a hacer nada, lo único de lo que tienes que preocuparte es de achisparte —le dice.

Tienes que parecer relajada, piensa Gry, *disfruta*. Pero le cuesta, a veces le resulta abrumador lo especiales e interesantes que son sus amigos, la naturalidad con la que se desenvuelven. Con el tiempo no han hecho otra cosa que volverse más radiantes, más excéntricos, más ellos mismos. *Mira lo que hace Haya*, piensa, cómo pone su copa junto a la de ella para servirse también un negroni de verano bien cargado.

A su otro lado, Sylvia apoya la cabeza en el hombro de Haya. Su mejor amigo, el más disfrutón, que no va a tardar en emborracharse un poco bajo el sol crepuscular.

¿Hay alguien en el mundo que le caiga mejor? Haya parece más joven que los demás, pero es que hace poco que atravesó una segunda pubertad. En él convergen la inteligencia y la suavidad, da clases de cine y de ciencias de la comunicación en un instituto, y está segura de que todos sus alumnos están enamorados de él y soportan maratones de Pasolini por darle el gusto. Sus rizos suaves y decolorados con el matiz rojo que les da el tinte casero; los ojos de color bronce, de un pardo dorado. Es como si todo él estuviera caramelizado. Como alguien a quien Zeus secuestraría y que se resistiría al rapto por postureo; Ganímedes con *crop top* o con camiseta imperio, o como ahora —mejor, por fin—, sin camiseta. Lo impulsa la vanidad tierna de exhibir su nuevo cuerpo, poniéndose fuerte con mucho tino sin pasarse.

—¿A alguien le apetece una cerveza? —pregunta Adam, que ya se ha levantado y acerca un par de botellines a la mesa.

(*Pues claro que de repente quiere una cerveza*, piensa Haya, *pero no es una cerveza lo que quiere, sino una excusa para hacer algo, él siempre tan práctico, siempre con algo entre manos*).

Adam se sienta junto a Charlie, que se ha dejado el cóctel y el vino a medias, acepta una cerveza y le ofrece su paquete de cigarrillos a Adam, una transacción silenciosa y amistosa. Más apaciguado, Haya se dice que Charlie tiene un aire andrógino, como los retratos antiguos de los ángeles, es dura y blanda a la vez. Haya le da un codazo a Sylvia para que vea lo guapa que es Charlie, y Sylvia mira hacia donde le señala, hacia la luz del sol poniente que la ilumina mientras exhala humo a contraluz, y Haya y Sylvia suspiran a coro porque a Charlie le sienta fenomenal fumar, la forma en que el humo refleja la luz es un elemento decorativo más de la mesa. Sylvia agradece poder compartir con Haya toda su admiración, todo su anhelo. Cuando están juntos tienen tendencia a alborotarse, se vienen arriba, tanto por otras personas como por objetos. «¡Fíjate en cómo los últimos rayos de sol dan en esa jarra de agua y proyectan olas de color cobrizo sobre la mesa, en cómo se reflejan en el pelo alborotado de Charlie, oro sobre oro!». Alguien tiene que fijarse en esas cosas y siempre son ellos dos.

Sylvia señala el lago, en cuya orilla el reflejo de un blanco azulado de unas florecillas de tallos esbeltos que brotan de la misma superficie flota sobre el agua poco profunda.

—¿Cómo se llaman esas plantas acuáticas? ¿Lo sabe alguien?

A Gry se le ilumina la cara. Ella lo sabe, claro.

—¡Son lobelias! Este es un lago de lobelias, son unas flores muy raras que se encuentran apenas en un par de lugares de Jutlandia. Como el agua es tan transparente, llega la luz hasta el fondo y por eso crecen las plantas. Las lobelias se usan popularmente en amuletos de amor, se supone que deben recogerse durante el solsticio de verano.

Eso se dedica a estudiar en el instituto en el que trabaja: el hidrofolclore, un proyecto que mezcla la ecocrítica con la antropología del folclore. Las zonas pantanosas como bioma de especies botánicas amenazadas y repositorio de la sabiduría popular escandinava. Investiga fuentes de medicina natural, mitologías locales sobre criaturas acuáticas que moran en lagos, manantiales o playas, las distintas encarnaciones de los duendes del agua. Durante el trayecto en coche les ha contado a los niños la leyenda del caballo blanco, una criatura mágica y muy peligrosa que aparece en las orillas de los lagos y corrientes de agua para arrastrar a los incautos a las aguas profundas. «Sí, el de *Frozen II*», ha replicado Vera sin inmutarse. Vamos, que el lago está rodeado de un halo mágico y Gry se muere por preguntarle cosas a Karen. Ahí hay algo especial.

—La lobelia es hermafrodita y se fecunda a sí misma —añade Gry—. Podríamos decir que es una planta bastante *queer*.

Sylvia le sonríe por educación, se esfuerza por no mirar a Haya mientras le da una discreta patadita por debajo de la mesa y recibe un toquecito divertido a cambio. Sylvia y Haya ya han hablado de este tema: ¿por qué solo a un profesor universitario heterosexual se le ocurriría llamar *queer* a una planta? ¿Por qué opinan que cualquier atisbo de diferencia, de diversidad, es inmediatamente gay y digno de atención?

El anochecer se pone serio y se hace de noche. Tienen que convencerse para ponerse en marcha mientras aún no ha oscurecido del todo y todavía se ve algo. Gry empieza a recoger la mesa.

Charlie y Sylvia se acuestan, cosa que significa que Sylvia se tumba en la cama y Charlie se pone en cuclillas junto a su equipaje y le lanza una bolsa de tela, un regalo sorpresa, que contiene un paquete de la chuchería preferida de Sylvia —un chocolate con leche de mala calidad que ella nunca se atrevería a comer delante de los demás— y unos grilletes de cuero pardo muy gastados y suaves. Charlie la mira.

—Tendrás que decidir si estás de humor para una cosa o la otra o para las dos.

Sylvia sonríe. A veces se le olvida lo consentida que está, la suerte que tiene de que Charlie la cuide tanto. Se espatarra en la cama, cierra los ojos y nota el alcohol y el sol de la tarde como un cosquilleo en las mejillas. Charlie se pone a su lado, le apoya una rodilla entre los muslos, la abre de piernas.

Charlie le agarra los muslos, la pone bocabajo y de rodillas. Sylvia arquea la espalda, nota un cosquilleo que la recorre de arriba abajo, nota lo mojada que está, nota un peso en el abdomen cuando Charlie la toca porque es tan fuerte, tan cuidadosa, un espacio seguro... Y, a la vez, transmite un instinto depredador.

—¿Qué te apetece?

Algo ha cambiado en la voz de Charlie, se ha vuelto apremiante, hambrienta, mientras agarra las manos de Sylvia para ponérselas a la espalda y atarle las muñecas con los grilletes antes de enterrar los dedos entre sus cabellos.

—Quiero que me des duro.

A Sylvia ya se le ha roto la voz. Charlie le empuja la cara contra la almohada, Sylvia se revuelve, se resiste entre gemiditos para que Charlie la agarre más fuerte para que no se mueva. Charlie le da dos azotes fuertes, rápidos, de los que dejan marca, y Sylvia nota la sangre que se le arremolina en la nalga, dejando una marca en forma de mano sobre la que Charlie coloca la mano y advierte que Sylvia se entrega con un gemido.

—Estate quieta.

A Sylvia le encanta ese tono firme en la voz de Charlie, sentir la funda de la almohada en la mejilla; le encanta

31

calentarse de esa manera, el calor que hace, el frescor de las sábanas, el hormigueo que le quema la piel, el rubor que le tiñe las mejillas, el culo, el coño, la humedad entre las piernas que crece mientras se tensa con suavidad alrededor de los dedos de Charlie cuando ella se los mete. Dos dedos es demasiado, va muy rápido, se queja.

—Eres muy grande, papi.

Todo empezó como un chiste entre las dos, como si estuvieran en una película porno, pero cuando vieron el efecto que tenía se convirtió en un elemento fijo de su inventario sexual. Charlie le chista y, sin dejar de mover los dedos a buen ritmo, le susurra al oído:

—No grites, que te van a oír.

Sabe que Charlie solo se lo dice para provocar, no tiene nada de pudorosa, le gusta que Sylvia arme jaleo. Por lo general, es una persona reservada a quien no le gusta llamar la atención para no meter la pata. Entre los amigos de Sylvia, es la única que no tiene estudios superiores, que no vive por la ironía sutil.

Sylvia cierra los ojos, le duele y eso le encanta y, aunque Charlie no tiene ni idea de por qué la castiga, le da muchísimo placer. Mira hacia atrás y ve que a Charlie se le han pegado unos mechones de pelo rubio sudoroso a la frente mientras mueve la mano incansablemente. Cuando están juntas en la cama, Charlie es un dios, tiene telepatía, se le mete en la cabeza, sabe cómo tiene que moverse, hace vibrar su cuerpo, enciende una brasa dentro de Sylvia y sopla para que arda.

Sylvia deja de pensar, deja que Charlie se encargue de todo y se limita a estar presente en su cuerpo, que ya no es más que un temblor cada vez más intenso. Contiene la respiración, tensa la musculatura abdominal, le cuesta correrse así, bocabajo, de rodillas, pero el orgasmo es incluso mejor, como si se le aflojara una tensión acumulada durante años y, de repente, los músculos y los tendones se derritieran, como un deshielo que recorre su cuerpo, una corriente profunda procedente del abdomen que le sube por la columna vertebral hasta el cerebro y le sale por la boca.

A Sylvia le importa un bledo que alguien la oiga, le da igual correrse sin poder contener la voz en la garganta, sin enterrar la cara en la almohada, estalla con un sonido de agradecimiento entre un gemido y una canción, se siente colmada y vibrante y no quisiera estar en ningún otro lugar.

DÍA 2

Es muy pronto por la mañana. Ahora que ya se han instalado, pueden estar a gusto. Adam ha encontrado una cazuela de hierro colado en una alacena y un soporte con una cadena para colgarla. Para colgarla encima de una hoguera, para ser exactos. Un proyecto, vamos. En cuanto se levanta, se va a encender el fuego, cuyo humo se mezcla con la neblina que flota sobre el lago en el cielo rosado de la mañana. Va a por aceite, tomate en conserva, un cuenco cargado de verduras, y se sienta a la orilla del lago —con pantalón corto de correr y un jersey de lana— y se pone a cortar cebollas, ajos, pimientos, berenjena, los primeros pasos para preparar una *shakshuka*, un plato de color rojo intenso típico de pastores que pasan las frías mañanas entre las montañas de... ¿qué montañas eran, unas en Oriente Medio o en el norte de África? Da igual, con esa cazuela quedará genial, la dejará a fuego lento mientras los demás se levantan y le va añadiendo especias a espuertas, comino, pimentón ahumado y, por último, cava agujeros en la salsa de tomate y casca huevos para escalfarlos, coronados por un montón de queso feta y perejil.

Se abren las puertas de la terraza y sale Vera, seguida de Gry con Sejr en brazos. Está muy grande para ir en brazos, aunque aún tenga edad, tiene tres años y la misma

35

constitución que su padre. Gry tiene las mejillas sonrosadas por el esfuerzo de llevar al niño, lleva vaqueros y uno de los jerséis que se teje, aún no se ha peinado y tiene el pelo revuelto, está guapísima. Deja a Sejr en el suelo y pone los brazos en jarras.

—¿Hago un par de panes para acompañar?

—¡Dale!

Su comunicación directa, como si fueran cocineros profesionales, es un buen hábito que tienen. Adam alarga la mano y le da un apretón en la pantorrilla. No tienen que decir nada para ponerse de acuerdo, su relación es buena, exuberante. Gry dejó un pan amasado antes de acostarse, lo hizo con levadura porque no le quedó más remedio; la masa madre se la dejaron en casa. Dejó la masa levando en frío y ahora está ligera y esponjosa. Ha seguido esa receta cientos de veces. La mostaza es el ingrediente secreto, un sabor que quien prueba el pan reconoce y a la vez es incapaz de identificar. Y, para rematar, una tacita de café fuerte y unos puñados de pistachos. Al cortar el pan, los pistachos relumbran en tonos verdes y morados, como esmeraldas en el pan de trigo al que el café da una tonalidad oscura.

Gry echa en una taza el resto del café y se lo lleva a Adam, acuclillado junto al fuego mientras pocha las cebollas. Él da un sorbo, agradecido, mientras el vapor se levanta de la taza y de la cazuela.

Gry ayuda a Vera y a Sejr a arrancar grosellas de las zarzas en el margen del bosque, para comérselas con yogur y miel. Fotografía discretamente con el teléfono las zarzas, la cazuela, el lago, el humo, a Adam, a los niños, sube una imagen a Instagram y, compone un cuadro que dice: «Miradnos».

Entre tanto, Sylvia se levanta con un pantaloncito de encaje, una camisa ancha y el pelo despeinado. Le da un abrazo a Gry al verla entrar de nuevo en la casa y a ninguna de las dos le extraña esa exuberancia matutina porque una parte de ellas siente una alegría infantil al encontrar a la otra en la casa, al volver a estar juntas. Verse así, de buena mañana, es un momento especial y poco frecuente. Durante muchos años se juntaban para tomarse un café, para almorzar, por la tarde, por la noche, y siempre bien peinadas. Y ahí están, en pijama, levemente resacosas, porque a su edad ya todo les da resaca, incluso tomarse una sola copa un poco cargada, pero eso las vuelve más abiertas, más permeables, y hace que ese abrazo parezca amoroso de verdad, y no solo un ritual de cortesía. Sylvia suelta un quejido apagado y teatral mientras señala la masa de pan que reposa en la mesa de la cocina.

—¡Estás haciendo pan de verdad! Me voy a volver loca porque hace diez años que todos los panes me saben a yogur, ¿no se puede evolucionar? —dice Sylvia.

La verdad es que Gry está bastante orgullosa de su maestría paciente con las masas, sus panes de categoría que la hacen sentir una científica que acierta una y otra vez, al conseguir que las masas le respondan, pero Sylvia es tan opuesta a ella, de una forma tan alegre, que la hace sentir bien haber acertado, como si lo hubiera hecho por casualidad.

Sylvia saca queso cremoso y *gruyère* de la nevera y elige una mermelada de moras. Se afana en batir mantequilla con un poco de suero de leche hasta convertir la mezcla en una montañita esponjosa que contempla con ojo crítico antes de espolvorearle una llovizna de copos de sal por encima que reflejan la luz como cristales.

Como si lo de batir la mantequilla no fuera ya suficiente postureo, piensa Gry con aire indulgente.

Mientras, Charlie se ha puesto en marcha preparando gofres con resignación, consciente de que el desayuno se ha convertido en un proyecto más ambicioso de lo que a ella le gustaría. A ese grupito le gusta presumir, darlo todo en un *brunch* como si lo hicieran todos los días, ansiosos por impresionar bajo el pretexto de estar haciendo algo todos juntos. Además, nunca lo llamarían *brunch*, que suena pretencioso. Se plantea empezar a llamar *brunch* a ese *brunch* con petulancia artificial para desinflarles ese globo de entusiasmo que apenas pueden contener, para descorrer la cortina de su fingimiento, pero le falta malicia.

Pero bueno. Si le preguntan, dirá que los gofres son para los niños, aunque la verdad es que son su desayuno preferido, con mantequilla derretida y sirope de arce; tiene claro lo que le gusta, deliciosos hidratos de carbono al estilo yanqui. Siempre se muere de hambre por la mañana, si fuera por ella ya habrían desayunado y le parece que es demasiado pronto para ponerse a cocinar en este plan, pero no dice nada; no tiene que decir nada para que Sylvia ponga los ojos en blanco. ¿Por qué tiene Charlie gustos tan provincianos, por qué insiste en comer como un niño pequeño? ¿Qué más quiere, Cornflakes? ¿Por qué no puede fingir que le gustan las cosas un poco más refinadas hasta tomarles el gusto, como hacen otros adultos? Sylvia tardó tres años en apreciar el cilantro (en realidad todavía no le gusta, pero ha aprendido a fingir que sí, al menos).

Sylvia sale con Gry y ponen la mesa bajo las sombrillas, un mantel de lona a cuadros blancos y verde lima, tacitas de café. Se comunican con gestos de la cabeza, no necesitan hablar para ponerse de acuerdo en que intentan emular una mesa informal y encantadora, como de película francesa de verano, y algo se afloja en el interior de Sylvia, se siente comprendida porque ella y Gry hablan el mismo idioma, y Sylvia se le acerca para abrazarla por la espalda y susurrarle al oído, como si quisiera transmitirle un mensaje sucio y secreto entre las dos.

—Rohmer, ¿a que sí?

En cierto modo, a Gry la forma de ver el mundo de Sylvia le parece absurda, siempre buscando símbolos, sentidos ocultos, esa incapacidad que tiene de ser directa. A la vez, sin embargo, es divertido formar parte de esas reflexiones complejas y retorcidas, de la atmósfera vibrante que de repente envuelve la mesa y a ella también.

—¿Ponemos también queso de cabra? —pregunta Sylvia.

—Querrás decir *chèvre* —la corrige Gry.

Sylvia finge una puñalada en el corazón mientras le dedica una sonrisa de oreja a oreja. No hay nada más cariñoso que una pulla bien lanzada. Gry es capaz de rascar la superficie de su afectación francófila y Sylvia siente que la quiere más que nunca.

Sejr se acerca a Gry y mira a Sylvia con curiosidad.

—¿Cómo es que tus pechos son diferentes de los de mi madre?

Gry oculta la cara entre las manos, pero se aferra al ambiente imperante y, en lugar de darle explicaciones con paciencia a su hijo, le responde sin salirse del papel:

—Cariño, no te me pongas burgués.

Sylvia suelta una risita al ver la cara de perplejidad del niño.

—Todos los pechos son diferentes —añade Gry con suavidad.

Sylvia mira hacia el interior de la casa por la puerta abierta de la terraza. Haya ya se ha levantado y está en la cocina con un pijama fino de verano, que ya es más ropa de la que suele ponerse. Tiene un aire de aristócrata muy mono y anacrónico que nunca heredará Brideshead. Aunque, ante todo, Haya parece perplejo porque acaba de levantarse y se ha encontrado con la mesa ya puesta y necesita pensar rápidamente en algo que pueda hacer para estar a la altura del *hype* que siente que ya rodea todo el concepto del desayuno. Tiene que ser algo imaginativo, que parezca natural, que encante a todo el mundo.

...

Faltaría más.

Haya siente el rocío en la hierba, la alfombra mullida de agujas de pino; pasa descalzo por delante de la hoguera frente a la que Adam sigue agachado, dándole la espalda, mientras le enseña a Vera cómo se enciende un fuego, cómo hacerlo durar, cómo construir una cámara de aire para que las llamas tengan oxígeno, corrige el ángulo de las ramitas que Vera ha colocado con cuidado en la hoguera. Parece una escena idílica, pero no deja de ser una forma de control, de demostrar lo bien que se desenvuelve en el mundo. Mientras se dirige a un saúco solitario, a Haya se le ocurre que lo mejor que puede pasarle a alguien como Adam es tener hijos, tener la responsabilidad de prepararlos para la vida y tener rienda suelta para un *mansplaining* incesante. Empieza a arrancar umbelas del árbol y el polvillo amarillo claro de las flores se le pega a la tela del pijama.

Antes de emprender el camino de regreso se prepara mentalmente. ¿Tiene que saludar cuando vuelva a pasar por detrás de Adam? ¿Y con qué nivel de entusiasmo? Lo irrita preocuparse por eso, preocuparse por intentar estar a la altura de cierta masculinidad que él, al contrario de Adam, vive de prestado. No, se corrige, ya se ha asentado, ha reclamado un pequeño y modesto territorio en el gran continente extraño de la Hombría, es suyo para hacer con él lo que quiera. A la vez, sin embargo, quiere mostrar respeto por la tierra: ¿en qué se está convirtiendo? No quiere conflictos con los habitantes indígenas del continente, prefiere esperar a ver si puede aprender algo de ellos. De los hombres cis pueden decirse muchas cosas, pero llegaron primero y eso hay que respetarlo. Eso tiene que respetarlo.

De repente, nota que la metáfora se vuelve extraña, fluida, y hace lo que le dice su psicólogo siempre: abrir los sentidos, ¿qué nota? Está de pie sobre la hierba blanda y húmeda con un ramillete de flores de saúco agarrado al pecho, bajo las flores la tela de la camisa del pijama de un lino fino y terso, bajo el pijama un pecho que le gustaría desnudar al sol inmediatamente, bajo la piel un esternón que por fin se ha quitado de encima el peso que ha arrastrado durante años, debajo un corazón que también late aliviado, pero siempre alerta, sobre todo cuando anda cerca un hombre construyendo una hoguera con gran habilidad.

Al final opta por un contacto ocular fugaz al pasarle por delante, una expresión amistosa que no llega a la sonrisa. Los hombres suelen saludarse con breves gestos de asentimiento cuando se conocen bien y también cuando no se conocen, lo leyó en un hilo de Reddit. Haya no asiente, no sabe qué grado de confianza es admisible entre Adam y él.

41

Cuando regresa a la cocina, se pone al lado de Charlie como quien decide evitarse problemas. Se arrima agradecido a la protección que ella irradia, como una firmeza cálida y segura. Es una sensación sólida como un roble, amable y, a su manera, masculina. No puede evitar asombrarse: ¿cómo le sale a ella tan fácil, si ni siquiera es trans? Y entonces, ¿qué se supone que es él, qué tipo de árbol estrambótico representa? Recuerda haberse sentado bajo un haya del parque de Kongens Have, cuyos capullos despeluchados se alzaban enhiestos bajo el sol primaveral, sin prisa, ufanos y blancos, para luego convertirse en frutos cubiertos de cerdas que se abren de una forma que le parece de lo más obscena. Ese era su árbol.

Contempla las flores de saúco.

Con ellas también se siente emparentado: si fuera una dríada, un duende del agua, quisiera ser la ninfa de un saúco, sentarse, ingrávido, entre las ramas onduladas, las ramas de un saúco que no tiene claro si es un árbol o un arbusto, más que un tronco tiene una columna de ramas enredadas, y eso lo llena de júbilo.

Derrite mantequilla en una sartén, añade aceite, se acerca el cuenco en el que Charlie tiene la masa de gofres y, muy educado, le pregunta:

—¿Me permites?

Nota que a Charlie se le afloja cierta tensión al notar que él está de su lado, que hay sitio para ella en la representación que los demás han puesto en escena. Haya incorpora las flores de saúco a la masa, que fríe en la mantequilla tostada para convertirla en ramilletes crujientes.

El pan está en el horno, Gry ha formado la masa en forma de largas barras en espiral que ha espolvoreado con harina para que la superficie quede con estrías blancas y oscuras como la corteza de un árbol. La mesa ya casi está y Adam les dice a gritos que a los huevos les falta poco y tendrían que despertar a Esben y a Karen.

—Ya estamos levantados.

Salen a la terraza como una pareja de reyes que hace que todo valga la pena. Son despampanantes, la mesa es como un friso decorativo a la sombra, hace sol. Ellos dos se meten con facilidad en el papel de apocados y agradecidos regentes caídos del cielo. Esben contempla la mesa con aire crítico, ¿falta la guinda del pastel? Vuelve a entrar, y cuando regresa lo hace con botellas de champán y de zumo de frutas cubiertas de condensación.

Vera construye una torre de gofres en forma de corazón usando yogur a modo de mortero sobre el plato. La torre es altísima y amenaza con derrumbarse. A Haya le gusta que Gry y Adam sean unos padres relajados que permiten a sus hijos jugar con la comida.

—¡Lo has hecho muy bien! Te ha quedado muy chulo, parece un plato de restaurante de verdad —le dice Haya a Vera.

Gry echa un vistazo al plato de su hija y dice en voz alta:

—Te has esforzado mucho, amor. ¿Qué has construido? —Y entonces, en un tono más bajo y adulto, dice a Haya—: Intentamos decirles siempre que se han esforzado mucho cuando hacen un dibujo o una manualidad, explicarles lo que les hemos visto hacer para que se sientan reconocidos y vistos. Pero nunca decimos «¡Qué bonito!», porque eso supondría evaluar su rendimiento y asignar un valor a lo que han hecho. Y con eso solo aprenderán a buscar halagos. Lo que hacemos es preguntarles qué opinan sobre lo que han hecho. El mejor reconocimiento es el que viene de uno mismo.

Entonces Adam levanta la vista y se fija en el plato de su hija.

—Come sin hacer guarradas —le dice.

Los buñuelos de saúco están en una bandeja honda de la que salen chasquidos secos y grasientos. Karen ahoga un grito y mira a Haya.

—¡Esto tienes que prepararlo todos los días!

Lo afirma, no lo pregunta. Siempre se expresa de una forma muy directa y se hace querer con sus órdenes pragmáticas.

—Tienes que probar una, que eres tú la cocinera profesional —le dice entonces Karen a Gry, a quien le gusta mucho que la trate como si fuera su hermana mayor porque se siente reconocida, pero también se siente como un ama de casa. Le cuesta no sentirse fuera de lugar. Gry lleva tres semanas sin comer hidratos para poder soltarse un poco estos días. Toma nota de la cantidad que come Karen y procura ponerse algo menos en el plato.

—¡Y tú también, Esben! —insiste Karen.

Él toma un buñuelo de saúco y, mientras lo prueba, se hace el silencio alrededor de la mesa. Con Esben, los demás siempre suelen contener el aliento porque su opinión, aunque sea acerca de buñuelos de saúco, es importante.

—Buenísimos —dictamina.

A Haya se le iluminan los ojos al oírlo.

—Los hemos hecho entre Charlie y yo —dice con modestia, y Charlie le sonríe desde la otra punta de la mesa. Adam alarga el brazo para agarrar uno y, al clavarle un mordisco, se encoge de hombros.

—Un poco grasosos, ¿no?

Haya enarca las cejas detrás de sus gafas de sol.

—Bueno, pues te sirves un plato de tu… sopa de tomate y te callas —dice, señalando la cazuela de la *shakshuka*—. Seguro que está muy rica.

Karen carraspea y todos levantan la mirada. Ella apoya las manos sobre la mesa y no hace falta que diga nada para hacerlos callar a todos, a la expectativa. Haya reprime el impulso de decir que ha empezado Adam.

Pero Karen no tiene ninguna intención de regañar a nadie.

—Tenemos una sorpresa que compartir con vosotros.

—Karen sonríe a toda la mesa. Manosea la cucharilla como si quisiera ganar tiempo, como si quisiera hacer una pausa dramática. La brisa sacude las copas de los abedules, cuyas hojas relumbran al sol. Entonces Karen continúa hablando con calma y sin poder contener una sonrisa—: El sábado hemos invitado a mi familia y a la de Esben, además de a algunos amigos. Otros amigos, quiero decir. Es que… ¡nos casamos!

La escena del desayuno prorrumpe en gritos de alegría. Gry se siente henchida de orgullo por ser la única que lo sabía de antemano.

—¡¿En serio?! Ay, ¡felicidades! —grazna Haya, contento de que por fin suceda algo inesperado. A ver, estaba cantado que Karen y Esben iban a casarse tarde o temprano, pero podrán celebrar la mejor fiesta de todos los tiempos, un suceso de proporciones épicas.

—¡Qué pasada! Pero ¿qué vamos a hacer? ¿Podemos ayudar en algo? ¡Es que no me he traído ropa para ir de boda! —Charlie no cabe en sí, por principio es una apasionada del romanticismo, el amor y las bodas. Está

45

contentísima, ya tiene ganas de que les toque a Sylvia y a ella.

Karen explica que va a ser una ceremonia muy pequeña seguida de un almuerzo de celebración.

—Toda mi familia vive en pueblos de la zona, así que se acercarán y ya está.

Sylvia aún está petrificada, tapándose la boca con la mano, parpadeando de asombro. Gry le agarra la mano libre y se la estrecha, extrañada.

—¿Te has emocionado?

Sylvia asiente y sonríe antes de agitar los dedos como diciendo «no, no quiero llamar la atención, menuda tontería, echarme a llorar».

—Felicidades —susurra en voz baja, como si le costara respirar, y los demás se ríen porque Sylvia es siempre muy melodramática.

Detrás de las gafas de sol, Sylvia está fuera de sí. Se van a casar. Nota un ardor en el pecho. Ay, madre. Se dice que no significa nada, que para la gente como ellos da igual estar casado o no. No es como antes, cuando el matrimonio legitimaba oficialmente a la pareja.

Pero sí que significa algo. Porque Esben es Esben, el hombre de quien está enamorada con una emoción que se ha vuelto intermitente a medida que él se alejaba de ella. Ya empieza, se van a casar como hace todo el mundo, van a tener hijos, fijo. ¿Cómo va a quedarse ahí tan tranquila, agarrando a su novia de la mano y haciendo que se alegra mucho? Está furiosa con Esben, que sabe perfectamente, por fuerza sabe que hay algo especial entre los dos. Nunca lo han hablado, pero siempre han estado muy unidos, todos estos años han ido a la par, confiados, cariñosos. ¿Y por qué él no le ha dicho nunca nada? ¿Por qué no se lo ha dicho ella?

Al evocar los viejos tiempos piensa en él, en un bar de paredes de color pardo un millón de noches distintas rodeados de una nube de humo que a él le sentaba fenomenal. Cuanto más cutre fuera el entorno, más radiante estaba él, sentado con una cerveza en la mano presumiendo de pómulos mientras hablaba del libro que estaba leyendo, tan emocionado y dueño de sí mismo al mismo tiempo, capaz de dominar su entusiasmo, de darle forma.

Solo durmieron juntos una vez. Solo dormir. Lo inocente que fue todo formó parte de la magia. Habían estado todos de fiesta en la residencia de él, y Esben y ella abandonaron la pista de baile y se instalaron en un sofá a charlar y charlar, a terminar las frases del otro; él fue a por un cuaderno que tenía en la cómoda para enseñarle un texto que había escrito, un poema que quería mandar a una revista, y ella se había esforzado muchísimo en decir algo que pareciera profundo, inteligente y serio. Al final la fiesta terminó y se quedaron los dos solos. Sentada en el sofá, ella pensó: *Ahora soy una adulta con una vida sofisticada.* Fue muy natural quedarse, ir con Esben a su habitación y, a la vez, sentía una tensión turbia, tumbada en la cama mientras escuchaba cómo él se quedaba dormido. Tumbada en sus brazos, escuchó los latidos acelerados de su corazón hasta que fueron siendo más leves, despertó muy temprano en aquella habitación de colegio mayor de austeridad monacal, una mañana de verano como esta, las paredes, los visillos, las sábanas, todo era de un blanco radiante, y se acercó a la ventana abierta y se asomó por encima del ancho antepecho blanco para contemplar el cielo azul. Esben siguió durmiendo mientras la luz aumentaba de intensidad y toda aquella escena fue como una llama prendida en su interior, como si él le hubiera abierto una ventana dentro y de repente todo le pareciera nuevo, y ella se marchó sigilosamente y se fue a casa en bici colmada de una promesa... ¿de qué?

El grupito ha ido a por esterillas y tumbonas para echarse bajo los abedules en una zona moteada de sol y sombra. Los niños corretean y chillan cuando descubren sanguijuelas que se deslizan por la orilla; qué maravilla que se entretengan solos y dejen tiempo a los adultos para no hacer nada, para charlar, para sumirse en sus propios pensamientos: Sylvia oye que Gry le dice a Karen que es un milagro, que tendría que ser siempre así, que no tiene ningún sentido vivir en un piso en la ciudad, que hay que estar cerca de la naturaleza, turnarse para cocinar, ver la puesta de sol, estar en un sitio en el que los niños puedan salir a jugar sin preocupaciones, que necesitan a más gente a su alrededor, la crianza en tribu, dice Gry, repitiendo un tópico cuyo origen nadie recuerda. Es extraordinario lo rápido que las madres heterosexuales se vuelven antisistema nada más ver un lago en el bosque. ¿Tiene Gry idea de lo que está diciendo? Sylvia se muerde la lengua mientras Gry y Karen hablan de la logística de la crianza y no de anhelos ni del sufrimiento de un medio enamoramiento infinito de un amigo. Del prometido de su amiga. ¿Está preparado alguno de sus amigos para hablar de lo poco utópica que sería la supuesta «tribu»?

Tumbados a la bartola, siguen hablando entre ellos con los ojos entornados o con gafas de sol. Adam se ha apartado un poco con la *tablet* para leer las noticias porque le gusta estar al tanto de que el mundo sigue yéndose a la mierda, pero que aún no es grave.

Sigue la conversación a medias, no le gusta hablar del tema de los niños, aunque sabe que a la sociedad no le vendría mal organizarse de otra manera. Podría ser una tarea más compartida. Tanto él como Gry como toda la gente que conocen que tiene hijos están agotados por la crianza, pero ¿qué se le va a hacer si la vida es así? Y será así durante un tiempo, hasta que los niños se hagan mayores y puedan ir más a su aire. Por ahora lo que les apetece es estar con gente en circunstancias parecidas que sepa lo que es pasarse noches sin dormir, que conozca el aburrimiento de la rutina, para encerrarse en un entorno de cenas en pareja y parque que reflejen las miserias del otro. Se siente tan por encima de esta vida como atrapado en ella, en la vida en un piso de Copenhague, descuidando la pareja, entre juguetes de diseño escandinavo. Todo de la marca Arket, carísimo y anodino. Pero ahora es verano, están en el campo, los niños juegan solos. Es como si, por primera vez en años, pudiera oler el aire que respira. Al inhalarlo, nota el aroma reconcentrado a hierba y abeto, a crema solar. Se siente inquieto, como si le hubiera dado alergia. Mañana saldrá a correr y se terminará el libro que tiene empezado, va a aprovechar el tiempo.

Haya, tumbado entre el grupo de hombres, mira hacia las copas de los árboles y luego los contempla a todos con satisfacción. Tendría que ser siempre así, los cuerpos juntos como una orgía casta y lánguida. Lo fascina lo bellos que están todos ahí repantingados, como si fueran romanos, y se pregunta con indignación cuándo dejaron de fabricar muebles para reclinarse en ellos, ¿no es evidente lo bien que le sienta al cuerpo la horizontalidad de la pereza? ¿Lo relajada, o quizá no relajada sino coqueta, que sería la energía social si la gente pudiera tumbarse con sus amigos a almorzar? ¿Si las sillas no hubieran sustituido a los divanes como mobiliario por defecto? *Por el amor de Dios, ¿por qué no somos más relajados?* Si piensa en el mundo más allá de aquel bosque, se lo imagina lleno de duras mesas de madera, de sillas de oficina, de manifestaciones rígidas de puritanismo ergonómico y soledad.

Haya cierra los ojos. En la iglesia de pueblo en cuyo coro cantaba de niño había un cuadro que retrataba *La última cena* con precisión histórica: en el Oriente Medio del Imperio Romano, ¡los apóstoles hubieran estado tumbados alrededor de la mesa! En aquel cuadro, Jesús y Judas hacían la cucharita envueltos en túnicas, una fantasía en la que él ya había reparado de pequeño sin tener las palabras para hablar de ello. No puede evitar pensar en ellos como amantes trágicos. ¿Por qué si no iba Judas a besar a Jesús para traicionarlo, por qué ser tan dramático cuando podría haberlo señalado con el dedo sin más? Incluso de pequeño, su imaginación apuntaba a algo pecaminoso y distinto que no tenía lugar en un cuerpo de niña; cantaba en la sección de altos mientras se imaginaba que era un monaguillo católico al que el joven sacerdote contemplaba con ojos golosos, se le ocurrían unas fantasías de lo más inapropiadas, por no decir indecentes, desde aquella iglesia protestante de provincias muy alejada del Vaticano donde no había un coro de niños con bonitas túnicas que parecían camisones en la nave central, no había humo ni cordones dorados. En el coro llevaban sudaderas anchas con el color azul de la bandera municipal, nunca pasó nada indecente, pero soñar era gratis.

Los juncos apenas se mueven, no sopla el viento, pero el lago despide un aliento fresco, y Gry no pierde a los niños de vista, sentada al borde de la superficie de esteras, sabe que el agua es poco profunda hasta bastante entrado el lago, no pasa nada si se meten. Es consciente de que está mirando a los niños y se gira para ver a sus amigos que están apelotonados y a la vez son todos perfectamente distinguibles, como un bajorrelieve; Karen apoya la cabeza sobre los muslos de Esben; Sylvia está abrazada a Charlie y la melena oscura y mojada de sirena se le pega al cuerpo y le llega casi a la cintura; Haya se unta el pecho en crema solar.

Ahora que por fin tienen tiempo de hablar, Gry descubre de repente que no sabe muy bien qué decir. Los amigos a los que antes estaba tan unida se han replegado en sus respectivas vidas. Se han convertido en otros, quizá se han convertido más en ellos mismos, aún son jóvenes, pero empiezan a vérseles las costuras y ya no tienen la misma ansia por complacer, por encajar o por destacar como cuando entraron en la veintena. Se han convertido en adultos con carácter llenos de aristas. Complejos. Se dice que tal vez ella sea la excepción, que ella siga conservando algo infantil, apaciguador, un impulso natural de recoger la mesa, de acordarse de hacer preguntas. ¿Es demasiado complaciente? Ella no se ha vuelto tan excéntrica, o quizá no de una forma tan llamativa como los demás. Como Sylvia, de quien Gry creía que lo de Charlie era una fase, lo de estar con mujeres, pero ya llevan juntas tres años. Y Haya, a quien Gry no tiene muy claro con qué palabras describir. ¿Hay que decir hombre trans, transmasculino, o trans sin más, o no binario...? ¿Hay que decir algo? Se siente como si ya fuera tarde para preguntar. Quiere expresar algo que muestre su apoyo, no quiere que parezca que no lo entiende. ¿Ha llegado a estar unida a Haya en algún momento, o fue solo un sentimiento fruto de verse todos los días?

Gry siente que ya está metida de lleno en la siguiente fase de la vida, pero en plan bien. En su vida familiar, en su trabajo de investigación, en el espacio entre ambos, el equilibrio entre su casa y el despacho. ¿Y si lo que pasa es que se le da bien esa vida? Entra y sale de su rol de madre en su rutina diaria, está bien asentada en la universidad, le gusta referirse a sí misma como investigadora, insiste en que quiere aprender algo nuevo cada día, desarrollar el pensamiento abstracto en su trabajo antes de ir a buscar a los niños. Ahora mismo el foco de su interés son las plantas acuáticas, el hidrofolclore, le encanta tener un asiento fijo en la biblioteca, su escritorio gris como la madera arrastrada por el mar, el aire acondicionado fresco y seco que le aclara la mente. Le encanta debatir con sus compañeros, ayudarlos con sus respectivas tesis. Va a pie a la guardería todos los días porque, si va en bici, el intervalo se le hace corto y sus pensamientos no llegan a reubicarse antes de que le toque volver a ser la madre. Ve a Vera y a Sejr jugar en la orilla. Vera recoge un ramillete de plantas acuáticas y Gry recuerda que a ella ya de niña le gustaban esas plantas, cuyos tallos de color verde claro relumbraban de una forma preciosa bajo el agua, ingrávidos, casi luminiscentes, y recuerda también la desilusión al arrancarlos del agua y ver que languidecían al instante en su mano.

Se siente muy lejos de los niños, del trabajo, de los demás, cuando Haya le da un toquecito en el brazo para preguntarle si le ayuda a echarse crema en la espalda. Se alegra de que se lo pida a ella y le hace sitio en la estera para que pueda sentarse a su lado con las piernas cruzadas, dándole la espalda; tiene la piel dorada y cálida, no está acostumbrada a tocarlo y de repente siente una especie de carga eléctrica en los dedos y recuerda que antes todos tenían mucha más cercanía física, que les parecía natural dormir en la misma cama y, de repente, tocarse se ha convertido en un gesto ajeno e íntimo para todos. ¿Cuándo dejaron de darse la mano? ¿Cuándo dejaron de sostenerse unos a otros? Echa un vistazo a la masa que forman los demás y se pregunta si fue solo ella quien dejó de hacerlo.

Se concentra en la espalda de Haya, en la crema solar, y siente cierta curiosidad, no puede evitar fijarse en la musculatura, en lo anchos que tiene los hombros. ¿Cuándo fue la última vez que tocó a un hombre que no fuera Adam? Claro que Haya es un viejo amigo, pero también es, de algún modo, un nuevo amigo. Su voz más profunda y la cara que por fin es la suya. A Haya no lo ve muy a menudo, han pasado meses, quizá medio año desde la última vez, y por eso su transformación es aún más evidente, más límpida y distante y radiante, porque cada vez que lo ve le cuesta relacionar al Haya actual con la forma alta, desmadejada y solícita, aunque desdibujada, que ella conoció. Gry trata de recordar el cuerpo que tenía antes, siempre ocultándose detrás de sudaderas anchas, incluso en verano, siempre con los hombros encogidos para esconder los pechos, ¿o acaso eso se lo imagina ahora? ¿Acaso el cuerpo que está tocando ahora es totalmente distinto? ¿Nota la diferencia, es consciente de cuál es, de lo que significa? ¿Acaso antes tenía la piel más suave? No tiene claro si está fuera de lugar, si tratar de detectar diferencias en su cuerpo es de fisgona, invasivo. Pero a la vez, no está haciendo otra cosa que volver a tocar a un amigo tras un montón de años sin hacerlo. Nota un nudo en la garganta. *Quizá no sea ninguna tontería que nos hayamos distanciado un poco,* reflexiona, *porque así podemos volver a acercarnos. Seguro que a Haya ya le va bien que lo vea como una persona nueva, que no vea en él ni rastro de la persona que conocí en la universidad.*

Gry se arma de valor y pregunta con cautela a Haya por qué eligió ese nombre.

—Quería un nombre bonito. Aunque no sea un nombre oficial. Quería que no remitiera a un género concreto y con los nombres unisex más comunes lo de la neutralidad me parece un poco forzado. —Entonces Haya gira la cabeza para añadir, en voz más alta—: Sin ánimo de ofender, Charlie.

Haya sonríe y las gafas de sol le dan un aire chulesco. Charlie le hace la peineta sin inmutarse desde la otra punta del tapiz de esteras, pero el gesto es cariñoso; esos dos siempre se han llevado bien.

Haya se levanta de un salto y le da un beso en la mano a Gry en un gesto de agradecimiento (y Gry se da cuenta de que no le cuesta nada, de que a él la cercanía física no lo pone nada nervioso) antes de acercarse a Charlie para revolverle el pelo con la mano.

Charlie es un apodo que llegó para quedarse una noche en la que Sylvia, Haya y ella vieron *El club de los poetas muertos* y coincidieron en lo mucho que se parecía a Charlie Dalton, el chico más revoltoso de la clase. A Charlie le gusta el rollo de chico callejero que transmite el nombre, como una gran sonrisa. Le gusta que Sylvia la haga sentirse fuerte, atractiva, que le haya preguntado por sus pronombres al principio de su cortejo movida por una tolerancia malentendida, por una buena educación fuera de lugar. Quería saber si Charlie se identificaba con un género concreto o no. Ay, las mujeres. Ella respondió con terquedad, herida, porque aquella pregunta la devolvía a mil días de patio de colegio, le escoció. Con la espalda ancha, el mentón como esculpido en piedra, el pelo corto: ¿eres un niño o una niña? Pero la pregunta también fue un bálsamo porque Sylvia se enamoriscó de sus aires de chicazo, estaba encantada con sus hombros, con que la levantara en volandas. Empezó a ponerse jerséis que destacaran su fuerza, que se le ciñeran a la espalda en lugar de escondérsela. De repente le surgió un instinto protector, como si llevara toda la vida esperando a una mujer frágil, complicada y ansiosa para cuidar.

Haya toma hormonas, que se aplica en forma de bálsamo mágico en la parte interior de los muslos, porque así la testosterona es más fácil de dosificar, de regular, que en inyecciones. Y a él le encanta que sea en crema. La testo es un subidón, una feliz sorpresa que lo pone contento como un golden retriever, una alegría que se expande por todo su cuerpo, por toda su vida, nunca había sido tan feliz. Se pregunta qué debe de ir mal en la composición hormonal natural de Charlie e intenta no sentir celos por la facilidad con la que a ella la identifican como hombre, aunque ahora ya da igual, añade aliviado, porque a él también le pasa. Ahora que su apariencia está en sus manos, lo leen como homosexual, no como marimacho.

Es consciente de que le han crecido los músculos, pero si fuera a echarle un pulso a Charlie (Dios no lo quiera, ¿por qué iban a hacer tal cosa?), sin duda ganaría ella. Ella está tranquila con la fuerza natural de su cuerpo, que lleva como si fuera una camisa. Su fuerza bruta y también su vanidad recalcitrante. Haya nunca dejará de envidiarle el armario, la chaqueta vaquera negra con flores bordadas a mano de color morado clarito, una edición limitada exclusiva, *Levi's daddy trucker fit*. Fue Charlie quien le dijo lo que le había costado, no Sylvia. Sylvia pensaría que menudo escándalo. Es uno de sus conflictos menores: Charlie adora el diseño de calidad, cueste lo que cueste. Si se enamora de algo, 17.000 coronas le parecen pocas por el tresillo Børge Mogensen de segunda mano con la tapicería de lana a cuadros original. ¡Menuda ganga! A Sylvia, en cambio, le gusta jugar a ser comunista, aunque no ha leído ni una palabra de teoría política en la vida; vota a los rojiverdes con mucha fe siempre que hay elecciones, pero lo hace de una forma impersonal, puesto que no conoce a uno solo de los candidatos. Nunca se molesta en leer la sección de política del periódico, va directa a la de cultura. Haya opina que, en realidad, a Sylvia no la irrita el materialismo de Charlie en sí (por mesillas de noche de madera noble, por una nevera de los años cincuenta de color azul paloma, por los pendones decorativos japoneses *koinobori* con motivos de peces que colgó en el barco en el que vive), sino la forma en que este replica su amor por Sylvia, sencillo, convencido, abrumador. Te quiero a ti, solo a ti y punto. Haya ha perdido la cuenta de las veces que ha dejado que Sylvia se tumbara dramáticamente en su regazo para confesarle sus dudas porque Charlie es maravillosa y tendría que ser muy feliz, pero ¿por qué no es feliz-feliz? ¿Es la persona adecuada para ella?

«Pero ¡mírala!», a Haya le entran ganas de gritarle. Charlie parece... ¿qué? ¿Un chicazo? No, una *soft butch*, un ensueño con una cadena gruesa de plata al cuello, rollo Leonardo DiCaprio en los noventa, con la raya en medio en el pelo que a veces le tapa los ojos. Haya le ha dicho alguna vez que tiene pelo de *fuckboy*, pero con cariño y solo porque nada podría estar más lejos de la verdad: Charlie tiene cero impulsos donjuanescos.

A Haya a veces le entran ganas de flirtear con Charlie, siente curiosidad al ver cómo agarra a Sylvia del cuello con una sonrisa decidida, sobre todo después de oír a Sylvia hablando sin parar de la firmeza de Charlie en general, de lo agradable que es que la agarre a placer. A Haya le gustaría investigar hasta qué punto Charlie y él han ocupado extremos opuestos de un espectro andrógino, han elegido versiones distintas de la masculinidad que, sin embargo, son lo bastante parecidas como para garantizar una competición por hacerse con el control que a él le encantaría perder. Es consciente de que a Sylvia no le parecería mal, pero Charlie quedaría horrorizada. Por más pervertida que resulte como fantasía sexual, es muy inocente.

Le gustaría que Sylvia se relajara un poco, que aceptara la fidelidad de Charlie. Sylvia se come siempre la olla y es tan boba que es incapaz de entender que uno no puede anhelar lo que ya tiene. Que necesita la seguridad que le brinda Charlie y que ella da por sentada.

Si rompieran, Sylvia implosionaría de añoranza y ansia de atención al instante. No es como Haya, que como mejor está es libre.

Sylvia le clava un dedo en el brazo mientras él le echa la bronca mentalmente.

—A ver, seguro que también tuvo algo que ver que Haya suena a nombre de duende del bosque, a secundario de *Sueño de una noche de verano*.

—Eso por supuesto.

Haya sonríe. En realidad, fue una cosa muy sencilla. Ese era el nombre adecuado. Ese era él.

Sylvia y Esben se alejan de la casa por un senderito bajo las sombras verde claro que dibujan las hayas. Andan en busca de un lugar en el que los invitados puedan plantar las tiendas cuando lleguen. Esben lleva unas gafas de sol rosas y le pasa el brazo por los hombros, un peso que a Sylvia le resulta muy agradable. Apoya la cabeza en su hombro y ahoga sus pensamientos desesperados, los entierra en el fondo de su conciencia, ya volverá a airearlos más tarde. Ahora mismo lo que quiere es estar presente con él.

Cuando está con Esben, Sylvia se hace un poco la tonta, finge ser un poco menos espabilada de lo que es en realidad, se pone solemne para intentar estar a la altura de su seriedad. Le cuesta porque lo que le nace es ser espontánea y directa para impresionarlo. Es un buen marrón, lo de despiezar la propia alma para presentar los cortes de más calidad.

Llegan a un gran claro despejado desde el que el lago relumbra a lo lejos bordeado de una espesura en la que las hayas dan paso a un bosque más denso de pícea europea que emite vapores resinosos bajo el calor, un aroma profundo a pino que flota bajo el sol diurno.

Es asqueroso lo perfecto que es todo. Esben estará guapísimo de novio.

Y, sin embargo, ella no lo vive con amargura. Siente que podría soportar esta tensión día sí, día también. No sabe dónde empieza ese enamoramiento, enamoramiento de sí misma, de él, es como si todo, en todas partes, acabara señalándolo a él.

—Creo que no vamos a encontrar nada más *Sueño de una noche de verano* que esto. ¿No crees que es el sitio ideal para que la gente acampe? Los niños pueden hacer brochetas de fresas del bosque, como si estuvieran en una película sueca doblada por Thomas Winding. Será tan precioso que todos os odiarán un poco —le dice ella con entusiasmo. Bueno, quizá sí se hace un poco la lista.

Él reflexiona antes de responder con una arruguita bajo un ojo que ella conoce perfectamente.

—Es un riesgo que tenemos que correr, pero espero que no nos odien mucho.

Es siempre tan correcto... Ese aire considerado que tiene no es una expresión de su amabilidad natural, como ella creyó al principio, sino que es autoimpuesta, una expresión muy ensayada de su atención que se pone de manifiesto en cómo lo sopesa todo antes de hablar.

Sylvia adopta un tono cómplice.

—¿Va a venir tu madre?

Hubo un momento en el que ella fue la única que sabía que la madre de Esben estuvo ingresada a lo largo de su infancia, la única que era consciente de la huella que eso había dejado en él. Sylvia tiene almacenadas en su mente todas las confidencias que él le ha hecho a lo largo de su amistad como se guardan los dientes de leche que se le caen a un niño. Viniendo de él, siempre tan controlado, aquellas confesiones eran preciosas para Sylvia, oyente privilegiada. Para ella fue un chasco que ahora lo sepa todo el mundo desde que lo contó en el libro.

Durante los últimos años, Esben ha estado pasando sus textos a Sylvia para que los leyera. Y por más que ella se esfuerza en comentarlos con distancia y profesionalidad, todo lo que ha leído de él le ofrece un atisbo a su interior. La primera vez escudriñó con cautela, consciente de la timidez de él, primero con tres comentarios sobre su uso de las metáforas y luego preguntando de soslayo: «¿Es un incidente autobiográfico?». Y venga y venga a hurgar.

Así averiguó que Esben sospecha que tiene dentro de él las mismas fuerzas y corrientes que recorren a su madre. No quiere ponerlas a prueba, no quiere zambullirse en ellas, pero le dan respeto y toma precauciones en consecuencia: bebe poco, hace ejercicio aunque no le gusta, procura descansar. Se preocupa de ser siempre un mar en calma. Él es lo único en el mundo que puede controlar.

Sylvia está de acuerdo con que lleva dentro un resquicio de lo que en su madre se convirtió en algo grande y pesado, en su interior hay una intensidad que él se niega a dejar salir, a escuchar. Como un viento que lo arrastra a altas horas de la noche si han bebido vino tinto sin parar de charlar y él, siempre tan contenido, interrumpe la conversación y sale con alguna afirmación férrea, profética, convincente y rayana en lo incomprensible. Tras este tipo de episodios, siempre se repliega en sí mismo. Por timidez, y también para ponerse a escribir.

A Sylvia la conmueve esa cualidad heroica y contenida que tiene, lo mucho que se esfuerza. Sería muy fácil que se convirtiera en alguien que va sin rumbo por la vida, alguien que se pone a chillar en plena calle, que habla con Dios iluminado por un círculo de luz. Y, sin embargo, se ha convertido en el triunfador del grupo. No viene de un entorno adinerado ni estable, era improbable que lograra imponerse a su psique de la forma en que lo ha hecho. La suya es una amabilidad acerada, una escritura disciplinada que es fácil pasar por alto a causa de su discreción, pero que no significa que no sea ambicioso. Una fuerza persistente en su interior lo ha llevado a escribir tres libros.

Y lo ama no porque lo hayan nominado a premios literarios, o porque la timidez y los principios lo hagan negarse a dar entrevistas, aunque es lo bastante vanidosa como para enorgullecerse de tener un amigo rodeado de cierta fama, de conocerlo de cerca, de que él la haya elegido como confidente.

Él responde con su pulcritud habitual:

—Sí, vendrá mi madre. Ahora está pasando por una buena época. Gracias por preguntar.

La atrae hacia sí y ella siente que una rendija de luz se abre en su interior, una luz que la vuelve muy ligera y hace que no se atreva a moverse.

Él se queda ahí plantado rodeándola con el brazo mientras inspecciona el margen del bosque. Sonríe porque los dos tienen muy claro que no tienen ni un pelo de botánicos y no tienen ni idea de qué árboles están contemplando; su abordaje del olor a resina, de las sombras moteadas de luz que se proyectan en el suelo del bosque es puramente estético y escenográfico. Ella lo mira por el rabillo del ojo.

Está guapísimo en la semipenumbra del bosque, sus rasgos afilados esculpidos por unos genes hugonotes obstinados que hace quinientos años que repiten esa escala de color de cabello oscuro y ojos azules, una complexión pálida con un leve rubor otorgado por el renacimiento francés. Sus antepasados fueron guerrilleros protestantes o algo así, y no puede evitar imaginarse que el salvajismo contenido que ha heredado de sus antecesores está emparentado con la pasión fanática que hizo que una modesta minoría reformada fuera a la guerra contra el catolicismo durante varios siglos, se sacrificara en una masacre detrás de otra a pesar de que los católicos eran ocho veces más numerosos, se sometieran a un baño de sangre tras otro.

—¿Recogemos un ramo de flores?

Las adelfillas alargadas se alzan bajo el sol como un esbelto arrecife de coral de cumbres floridas en tonos rosados y morados, hay muchísimas. A Sylvia le gusta que Esben no tenga miedo de mostrarse femenino. Se aseguran de dejar los tallos bien largos para hacer un ramo grande, imponente. Combinan las adelfillas con el alegre añil de los lupinos. Se adentran en el bosque en busca de las flores que bordean los senderos.

Entonces Esben la agarra del hombro y, señalando con el dedo, le susurra:

—¡Mira!

El sendero los lleva a una arboleda recóndita de forma alargada y allí se encuentran con un milagro: aquella debe de ser, sin duda, la luz más bonita de todo el bosque. Los abetos se alzan a su alrededor como torres, como catedrales solemnes de color verde oscuro cuyas ramas están envueltas de madreselva silvestre, un estallido de flores de color ocre y violeta, como diminutos fuegos artificiales congelados en el tiempo, saúcos en flor por todas partes, destellos de amarillo claro, un fresco florido. Un roble muy grande y antiguo despliega su copa en el fondo de la escena iluminada, como el altar en una iglesia pagana. Sylvia nota una vibración en su interior. Le ha tocado el premio gordo. Aquel lugar lo es todo. El olor es para enloquecer. Si alguien, ellos, quien sea, no se arroja en los brazos del otro y se pone a follar allí mismo estarán desaprovechando el escenario veraniego más precioso que existe. El bosque entero parece respirar con ella, respirar con su aliento. Se acerca al roble, contempla las ramas, esa copa torcida y majestuosa, e intenta ser sutil, igual que Esben, que la sigue y se detiene detrás de ella mientras respira profundamente.

—Es la iglesia del bosque —dice Sylvia, que enseguida empieza a comerse la cabeza por si se ha pasado de melodramática o ha dicho lo correcto.

—¡No me puedo creer que hayamos encontrado este sitio tú y yo! —dice Esben mientras mira a su alrededor—. Es tan íntimo, tan solemne, tan… sólido —afirma con un gesto de la mano, como si la solidez fuera la cualidad más significativa de ese lugar. Sylvia se fija en que a Esben le han salido unas manchas rojizas por el cuello y las sienes. Le salen siempre que se excita.

Entonces él le pregunta con voz esperanzada:

—¿No crees que es el mejor sitio para la ceremonia?

—No podemos celebrarla en ningún otro lugar —dice Sylvia, metiéndose a la fuerza en su intimidad, sintiéndose importante, como si esa iglesia del bosque la hubiera hecho ella con sus propias manos. Se la regala sin dudar. Es glotona, pero nada rácana.

—Ven, vamos a buscar a los demás, tienen que ver esto.

Sylvia ya se imagina saliendo de ahí con Esben, regresando a la casa a la carrera como niños orgullosos que acaban de vivir una aventura, con los ojos relucientes y sendos ramilletes de flores moradas contra el pecho. Les hablarán de la iglesia del bosque y los demás, envidiosos, se darán cuenta de que la amistad de ellos dos es especial, que tiene algo que hace feliz a Esben, que, en ese momento, no parece para nada una persona que haya tenido que enfrentarse a tormentas interiores.

Gry está sentada junto a la orilla del lago con la labor de punto; se le acaba el ovillo con el que estaba tejiendo, saca uno nuevo, se detiene. Se queda con la mirada perdida. Charlie se agacha a su lado.

—¿Te puedo enseñar un truco? —le pregunta Charlie.

—Claro.

—Es lana, ¿verdad?

—Una lana buenísima —responde Gry en un tono arrogante nada típico de ella.

Charlie se escupe en la mano. Agarra el final del ovillo de la labor y el extremo del ovillo nuevo y los frota entre sus manos. Cuando separa las manos, los dos hilos se han fusionado en uno. Le da tironcitos y lo frota con los dedos para demostrar que aguanta.

—Las enzimas conectan las fibras de la lana. Se llama empalme con saliva.

Charlie la mira.

—Perdona, igual te parece una guarrada.

—¿Qué dices? ¡Es una maravilla! —responde Gry.

Vera y Sejr llegan pateando agua, se sientan en su estera y atosigan a Gry para que se meta en el agua con ellos, y ella insiste en que tienen que ser capaces de jugar solos, que les hará bien.

A Gry le cae bien Charlie, quiere quedarse más rato con ella. Podrían verse más cuando están en casa, lo que pasa es que quedar con Sylvia cuesta mucho, igual que con Haya, no entienden lo que es tener niños pequeños, no entienden que no pueden salir hasta tarde entre semana, que no pueden decidir espontáneamente irse de karaoke a un sitio chulo. Ya le cuesta bastante salir cuando hace planes de antemano, Sylvia se cabreó muchísimo la última vez que le dio plantón porque los niños se habían puesto malos. Gry recuerda que escuchó su respiración furiosa al teléfono, hasta le pareció que arrojaba la cena que tenía en la cazuela en el fregadero como gesto de protesta. Gry se disculpó mil veces, pero es que es lo que pasa, los niños a veces se ponen enfermos. Eso lo sabe cualquiera que sepa un poco de qué va lo de la crianza. Sylvia y Haya también podrían haberse ofrecido a echarle una mano con los niños alguna vez. Se creen muy concienciados con la sociedad, muy solidarios, pero en la práctica son unos egoístas.

Charlie les dice a los niños que ella sí que quiere meterse y Gry se lo agradece, aunque vaya en contra de su política de que los niños deberían entretenerse solos. Gry no puede evitar fijarse en el cogote tostado por el sol de Charlie, en el collar de plata que lleva, en la musculatura fuerte de su espalda cuando se quita la camiseta y descubre que no lleva parte de arriba del bikini. Gry no sabe si ella sería capaz de mostrarse tan libre y desnuda en el agua. Y eso que está sola con amigos, que no la va a ver nadie más.

Charlie nada a braza con pereza alrededor de los niños, que se sienten seguros con ella. Y Gry nota que ella también se siente así. Hay algo especial en la forma en que el cuidado y la fuerza parecen estar entretejidos de manera natural en Charlie, como si fuera una cualidad física que tiene. Opina que a menudo la gente se clasifica en dos categorías: fuerte y fría, como Adam y Karen, o más tierna, blanda, algo más débil, como todos los demás. Pero Charlie tiene algo de protagonista de cuento de hadas, una bondad firme y cálida, algo que rebosa a espuertas.

Gry cierra los ojos y se da permiso para soñar despierta. En su sueño, Charlie se dedica a construir barcos, maneja cabos con maestría y regresa a casa del trabajo con restos de alquitrán en los antebrazos y los músculos incandescentes de esfuerzo a punto de desfallecer. La imagen se convierte en un cosquilleo cálido en la barriga de Gry, que deja la labor, se levanta y va a tumbarse al lado de Adam a la sombra, y al rozarlo con su hombro calentado por el sol él le abre su cuerpo y, con los ojos cerrados, la rodea con el brazo y atrae su calidez hacia sí mientras arroja a la hierba las flores que tenía en las manos.

Llega un momento en el que ya no se puede estar fuera. Dentro se está a gusto, el suelo de baldosas del salón conserva el frescor en amplias franjas de color amarillo pálido. Haya, sentado a la mesa del comedor con un albornoz abierto, escribe en un cuaderno mientras manosea sus gafas de lectura.

Sylvia está despatarrada en el sofá con un libro, hundida en el suave terciopelo verde para intentar pensar en cualquier cosa que no sea Esben, Charlie, Karen, la boda. Está leyendo *Al faro*, de Virginia Woolf, sin importarle que la haga parecer pretenciosa. Ella sabe que ama esa novela con todo su corazón y podría leerla cada verano. Se zambulle con envidia en el mundo reconfortante por el que se mueven los Ramsay y sus invitados, entre las olas, entre los reflejos de luz sobre el fondo. Ninguno de esos personajes puede pasar sin los demás. ¿Son enamorados, rivales, aliados, enemigos...? ¿Por qué uno no puede ir así siempre por el mundo, como si flotara, sopesando las emociones hasta el último gramo, tratando de encontrar las palabras más adecuadas?

Recuerda la afirmación de un profesor en una lección magistral de primer año en la universidad: *Al faro* ilustra la historia y la muerte de la familia victoriana, y recuerda también que ella pensó, convencida y con cierto desprecio, que aquello eran patochadas de historiador, porque de lo que la novela trata es de emociones, de anhelos.

Le gusta el flujo de conciencia, se regocija al ver un punto y coma, pero no lee libros por su perfección técnica, nunca en la vida leería un libro por ser un ejemplo del modernismo, sino que lo hace siempre porque le muestran maneras de vivir, le enseñan que es posible arrojarse a los pies de otra persona, pegar la cara a sus rodillas y llorar por el amor imposible que se le profesa, por verse abrumado por la belleza, por el amor en una casa de verano (porque seguro que Lily Briscoe también piensa: «Ay, no se puede enterrar la cara en el regazo de otra persona y declararle amor una tarde cualquiera, por más que uno quiera»).

¿Siente también un punto de desilusión porque sus amigos no creen en los libros, en el cine, en la ficción de la misma manera que ella? Cuando tenía que leer novelas en la carrera, se las tomaba muy en serio, con demasiada pasión, no solo leía para prepararse un examen, sino para prepararse para la vida. Y todavía lo hace. Cada obra que lee le abre un mundo nuevo potencial, nuevas formas de vida. Algo que emular, algo en lo que quedarse a vivir.

Cuando Sylvia decora la mesa del almuerzo con limones y frutas de hueso, no es solo para que la mesa se parezca a las comidas al fresco de *Llámame por tu nombre*. No quiere que parezca una película, quiere que sea una película: que la gente se deje llevar por el amor, el poder entrar en otra habitación (desde el umbral ha contemplado la habitación en la que duermen Karen y Esben, donde hay una toalla colgada a secar, y en su cabeza la greca del borde de la toalla se convierte en unos barrotes, en un símbolo de todo lo que no puede hacer). Suspira.

Adam entra en el salón y se deja caer en la otra punta del sofá. Sylvia se incorpora para dejarle sitio al ver que también lleva un libro en las manos.

—¿Qué lees? —le pregunta.

—Un libro de viajes sobre la generación perdida de Europa.

Sylvia se muerde los labios; las fechas no son lo suyo.

—¿Eso no fue… a principios del siglo XX?

—No, somos nosotros —responde Adam, que se sienta derecho.

Sylvia suelta una risita alegre. Qué dramático, qué alegría formar parte de algo así.

Adam entorna los ojos para leer el título de su libro y hace una mueca.

—Eres un poco caricaturesca, ¿lo sabes?

Sylvia enarca las cejas sin decir nada, espera a ver si él se da cuenta de que está siendo maleducado, pero Adam es como es, directo, y añade:

—No soporto a Virginia Woolf.

—¿La has leído?

—Ese libro sí.

Sylvia se sorprende, pero no se ofende. Tenía a Adam por un jefe de gabinete desalmado. Nota que una sonrisa le sale del alma. Le parece encantador que lea clásicos literarios, que no finja que le gustan, que tenga criterio propio. Encaja con su talante directo, con los pies en la tierra, con sus camisas de tela resistente. Sus aseveraciones tienen un tono desdeñoso y convincente, como si fuera un hermano mayor en una serie dramática de la tele pública.

—Yo leo muchísimo. *Al faro* sale en todas las listas en plan «las diez mejores novelas de la historia», pero está muy sobrevalorado.

Sylvia nota el hormigueo de un rubor en las mejillas. Se encuentra en un territorio conocido que está dispuesta a defender. Se coloca el libro sobre el pecho con cautela, como si fuera una coraza.

—¿Te apetece desarrollar, o nos batimos a duelo al amanecer?

Le gusta que no estén de acuerdo, ese reconocimiento mutuo de una creencia férrea. Sylvia tiene la sensación de que Adam no la respeta, de que no la tiene muy en cuenta porque la considera demasiado frágil y veleidosa. Y lo es. Pero también es muy leída. Él continúa:

—Es una lectura ensimismada y aburrida en la que no pasa nada, va de gente que no hace otra cosa que mirarse, y está contado con frases enrevesadas que no van a ningún lado. Nada más que tensión superficial.

—¿Y eso no te parece la cosa más maravillosa del mundo?

—La única parte buena es la central, cuando llega la Primera Guerra Mundial y los protagonistas mueren como si nada en un paréntesis.

—Vaya con el tipo duro —dice Sylvia con una sonrisa, aunque por dentro siente que se le desploman los ánimos, porque es precisamente la histeria delicada e hipersensible de la obra con lo que ella se identifica y que él rechaza. Coinciden en el análisis de la novela como una orgía de introversión, pero eso a él le parece inservible. Sylvia rasca un poco el terciopelo verde del sofá y decide traicionar su amor para llevárselo a su terreno. En este momento, lo más importante es impresionarlo.

—Me parece una interpretación muy ingenua, Adam. Si te vas a un nivel de abstracción más alto, la novela ilustra un momento histórico: cómo el modelo victoriano de la familia como ente sacrosanto se extingue y cómo la Primera Guerra Mundial entroniza la sociedad de clases y una ideología pragmática —empieza, y siente un pequeño consuelo porque le parece que algo en Adam cede con alegría mientras ella le da la chapa, al verse atacado con armas que respeta, con argumentos basados en condiciones externas, en la economía, en la guerra.

Adam la mira expectante, como invitándola a continuar.

Y entonces ella vacila porque no le apetece ganar una discusión hablando de la Guerra Mundial. Quiere volver al pique divertido con el que ha empezado la conversación, debatir sobre lo que les gusta y lo que no, sobre lo que él opina de la novela, sobre lo que opina de ella. Por encima de todo, quiere que se quite la coraza para poder hablar de tú a tú. Hace ya siete años que se conocen, lo ha oído quejarse de su trabajo en el ministerio, de la situación mundial, de sus hijos, pero nunca ha dicho una palabra sobre su vida interior porque debe de haberse convencido de que no tiene ninguna.

¿O es ella quien se imagina que sí que tiene vida interior?

—Pero... ¿no será porque eres muy duro? Que no te guste, quiero decir.

—¿Qué quieres decir con «duro»?

Ella se obliga a hablar sin ambages y, con la esperanza de que él respete un flirteo descarado, replica:

—Pues es que lo eres. Mejor dicho: te tienes por alguien práctico, orientado al mundo exterior, en plan existencialismo de Sartre, que opina que los propios pensamientos y emociones son indiferentes porque lo único que importa son los actos.

Él se arrellana en el sofá.

—Tampoco soporto a Sartre.

Ella suspira exageradamente y se da por vencida. ¿Lo hace por ironía, para reírse de sí mismo? Lo ve frotarse los ojos y determina que la quiere provocar, que se le ha olvidado que es muy culto, que tiene opiniones de todo a pesar de que no habla por los codos como los demás porque no siente la necesidad de demostrarlo constantemente. Le cuesta todo su esfuerzo mantener la boca cerrada para que él siga hablando, es insoportable.

—Pero sí —continúa Adam—, cuando agarro una novela, lo que me gusta es la versión brutal y estadounidense, en plan novela de detectives, del existencialismo. Es un género mucho más relacionado con la historia francoamericana de lo que cree la gente, y es que Bogart leyó a Sartre y Sartre vio películas de Bogart. Y Camus hasta se parecía a Bogart. Es una historia muy larga, te puedo recomendar un libro sobre el tema. En cualquier caso, el argumento central en ambas perspectivas del mundo es el mismo: el héroe como vaquero existencial, el hombre condenado a la libertad y tal. El detective antihéroe se mueve por una realidad sin sentido de la que han desaparecido todos los códigos morales conocidos y no queda más remedio que hacer algo, lo que sea, para ver si funciona, para ver qué pasa.

A Sylvia no podría darle más igual la influencia americana en la filosofía francesa, o al revés, pero ya le parece bien que él hable tanto, que, en cuanto se pone en marcha, se le aceleren las palabras, como si estuviera dando una clase magistral.

—Lo importante no es la emoción, ni siquiera el pensamiento. Lo único que tiene algún significado es el acto, usar correctamente la propia libertad.

Sylvia intenta hablar en un tono tan desdeñoso como cariñoso.

—Eres un cliché con patas. Tú lo que quieres es pasearte por ahí con una gabardina y la pistola cargada.

—¡Ja! En cualquier caso, mejor esto que el onanismo emocional —responde Adam mientras se pone en pie con agilidad y, de un movimiento fluido, cruza la cristalera de la terraza para salir al sol. Hundida en la tela verde y suave del sofá, Sylvia se siente pesada y zozobrante. *Quédate*, lo llama silenciosamente. Repasa la conversación mentalmente. Lo ha llamado «ingenuo», «un cliché con patas», y espera que se le quede, que signifique que van a volver a discutir, la sorprende constatar que está dispuesta a que la sermonee durante horas.

Si él quisiera. Pero Adam siempre está con medio pie fuera. Y su ausencia pone de manifiesto la certeza gélida de que tiene grandes cantidades de energía intelectual en bruto, pero que no piensa invertirlas en ella.

Sylvia se sacude esa idea de la cabeza, el rechazo que siente se convierte en admiración.

Y piensa dos cosas:

Que Adam es el tipo de hombre con el que una querría follar en la postura del misionero para poder seguir discutiendo cara a cara.

Y que tiene razón. Lo que les falta, a ella, a todos, es actuar, hacer algo. Ya no quiere quedarse en el sofá, de repente le entran ganas de levantarse, de salir de la casa con decisión y entrar en el mundo de los actos, pero ¿qué es lo que tiene que hacer?

Sentado al escritorio con la mejilla apoyada en la mano, Haya menea el lápiz de lado a lado de la página de la libreta sin dejar de pensar en la conversación entre Sylvia y Adam, en el entusiasmo contenido de Sylvia, en la frialdad de Adam.

Con hombres como Adam, incluso al llevarles la contraria, lo que uno quiere es complacerlos, impresionarlos. Y como ese tipo de hombres tienden a hablar poco, las escasas veces que se expresan, que se manifiestan, se vuelven incluso más significativas. Hacen que uno tenga ganas de saber en qué piensan, qué tienen dentro.

En su libreta, Haya anota:

«La economía de la escasez del habla masculina».

Y, abajo, añade:

«Recuerda: no te conviertas en un imbécil».

Haya reflexiona. Él es un Bogart de tomo y lomo. Se pasa el día haciendo cosas. Seguro que Adam también se pasa de la raya.

Carraspea, levanta la vista de la libreta para mirar a Sylvia, se quita las gafas.

—¿Te acaba de hacer *mansplaining* de Virginia Wolf?

—No pasa nada —responde ella—. Por suerte, el *mansplaining* es uno de mis fetiches.

Charlie y Karen están sentadas bajo el abedul decidiendo la distribución de los asientos. Hay pocos invitados a los que ubicar, pero eso no les facilita nada la tarea. La sombra del árbol se cierne como un velo sobre ellas.

—Te debo de parecer de un heteronormativo que tira de espaldas. Ni siquiera yo soporto la idea de casarme en verano como todo el mundo —dice Karen mientras se recoge el pelo en un moño.

Charlie le sonríe.

—A mí en realidad me gustaría casarme. Un buen bodorrio.

—Ya, claro. Sería una declaración de intenciones, dos mujeres que se casan significa algo más, es un acto político, y también es un tema de visibilidad.

—Para mí no es algo tan idealista, para nada —replica Charlie—. Es que siempre he querido casarme. Y no solo por la boda, sino por el matrimonio. Y también me gustaría comprarme una casa y todo eso.

Siempre se ha imaginado un jardín por el que los niños puedan correr, donde siempre sea primavera y verano, donde puedan jugar a saltar el aspersor y, al fondo, una parte más recóndita del jardín llena de escondrijos para que Sylvia se tumbe a leer y Charlie le lleve café; tomarán el sol desnudas tras un seto muy alto, qué fácil es criticar a los que viven en urbanizaciones, pero a ver si un seto florido en un día de primavera no despide un olor embriagador. Tendrá un invernadero, tal vez una cocina exterior, se imagina salir de la cocina a por eneldo en verano, o ruibarbo, enseñar a los niños a sembrar. Se encargará de todo, del aislamiento de la casa, de montar estanterías, de construir la despensa, será una combinación ganadora, su ojo para la calidad y los cachivaches y papelitos de Sylvia. No se lo ha dicho a nadie, pero tiene la sensación de que su vida estaba parada antes de conocer a la persona con quien podría construir algo, antes de conocer a Sylvia, y que eso es lo que le da sentido a todo.

—¿Estáis pensando en compraros una casa? —le pregunta Karen.

—No podemos permitirnos comprar en Copenhague. Creo que estaría bien mudarnos a otro sitio. Sylvia paga un alquiler absurdo y le parece que es un acto político lo de no ser propietario, aunque nos pasamos la mayor parte del tiempo en mi casa flotante. Y me encanta, pero estaría igual de a gusto viviendo cerca del agua fuera de la ciudad.

Eso es lo que Sylvia no entiende, que una casa es una inversión cuyo valor no hace sino crecer, como una cuenta de ahorros para sus hijos y nietos. Siempre que saca el tema, Sylvia responde con alguna ingenuidad idealista como que el mercado de la vivienda es insolidario.

En realidad, es un barco que está a punto de zarpar sin ellas, y cuanto más esperen, más les costará subir a bordo.

A Charlie le gustaría tener hijos, pero sabe que les será más fácil conseguir una hipoteca antes de que nazcan.

—Algo encontraréis —dice Karen.

Charlie asiente mientras se da cuenta de que las imágenes se ponen en fila en su mente: la casa, una estera bajo los lilos del fondo del jardín, vivir en la costa, envejecer, un pueblito, pasear por la playa en albornoces raídos para zambullirse a primera hora por la mañana. En realidad, sin embargo, todo eso le da igual mientras estén las dos juntas, mientras pueda tumbarse junto a Sylvia por la noche y abrazarla. Algunas veces Sylvia se va a su piso a dormir y no pasa nada, es que le va bien estar sola alguna noche, despatarrarse en la cama. Charlie lo acepta, aunque no lo entiende, porque para ella no hay nada mejor que dormir acurrucadas; no le molesta el calor, duermen desnudas con edredones finos, con la puerta abierta. Sylvia siempre se queda un largo rato mirando por la ventana antes de meterse en la cama, qué guapa está con su melena oscura contemplando los canales, las noches de mayo, las de junio, los trinos de las golondrinas y los vencejos que surcan el aire marino.

—Para mí lo más importante siempre ha sido formar una familia, toma heteronormatividad —dice Charlie—. Si te digo la verdad, el ambiente *queer* me cansa un poco, todo tiene que ser alternativo y fluido y romper las normas. Si ya eres una minoría, ¿para qué quieres ponerte las cosas más difíciles? Yo lo único que quiero es pasármelo bien y vivir tranquila, sin zozobra. Echarme en una tumbona con un libro y un café. Me muero por hacer barbacoas. Me encantan los *resorts* familiares. Estando en un lugar como este, noto que mi padre interior sale corriendo en busca de leña que cortar. Lo único que desearía es que a Sylvia también le despertara algo.

—Hablas como si quisieras jubilarte, es mi peor pesadilla —dice Karen—. Yo no quiero dejar nunca de trabajar. Es Esben quien nos arregló toda esta casa.

Charlie asiente y se olvida de escuchar mientras Karen sigue hablando. Piensa que una familia también es una hucha, un diagrama de árbol. Si uno tiene dos hijos, tal vez tres, y ellos tienen dos hijos, tal vez tres, la gente se multiplicará y tendrá compañía garantizada en el lecho de muerte. Sabe que es un poco morboso, pero le gusta la idea de convertirse en un patriarca, un padrino, sentada en una mecedora mientras se apaga, vieja pero aún admirable, rodeada de círculos concéntricos de descendientes que se arremolinan a su alrededor como murallas y fosos. Sembrar y sembrar y sembrar. Y cosechar y cosechar y cosechar.

De niña vio unos dibujos animados sobre grillos y hormigas que le causaron una impresión muy honda. Los grillos se pasan el verano cantando y jugando y paseando mientras las hormigas trabajan y acumulan provisiones. Cuando llega el otoño, el grillo sigue jugando, no se toma en serio lo inevitable, sigue tocando el violín. Detestó la secuencia en la que advierten al grillo, que no se da por enterado. Entonces al final llega el invierno, caen las hojas de los árboles y el grillo acaba perdido en una tormenta de nieve. Como es una película de Disney, las hormigas se apiadan de él y meten al grillo en el hormiguero para que se seque y le dan un plato de sopa. Tal vez fue ese el momento en el que decidió que su perspectiva en la vida sería la de una hormiga o tal vez los dibujos le mostraron una parte de sí misma que ya estaba presente: una parte decidida a ahorrar para vivir de lo almacenado en el futuro.

En la puerta de la terraza ve a Sylvia, que se les acerca. Cuando Charlie conoció a Sylvia, su carácter de grillo le pellizcó el corazón. Tiene algo heroico. ¿Qué habría sido de Sylvia si no la hubiera encontrado, si no la hubiera salvado, si no la salvara constantemente? Se siente como un príncipe cuidando de Sylvia, que es muy frágil y no entiende cómo funciona el mundo. Ni siquiera tiene carné de conducir.

Sylvia interrumpe a Charlie y a Karen, le hace cosquillas a Charlie en el cuello con el meñique.

—¿Puedes venir un momento?

Le parece una pequeña victoria arrancar a Charlie de la planificación de la boda. Espera que ni Karen ni Esben ni Adam se fijen en ellas y se pregunten qué estarán haciendo, y se acerca a Charlie con disimulo para indicarle por gestos que van a hacer alguna travesura que la hace sentir culpable, aunque no lo suficiente como para no hacerlo. La culpa es la sal que hace que todo le sepa mejor, más a sí misma, siempre que no añada un miligramo de más y lo destruya todo. En su habitación se está fresco, las sábanas blancas relumbran. Sylvia cierra la puerta al entrar, se quita el vestido por la cabeza y mira a Charlie, que le besa el hombro, el cuello, con un cariño provocativo.

—¿Qué te apetece, cariño mío?

Sylvia responde con un ruidito ahogado. Ya nota que la respiración se le vuelve más profunda, que la conversación que ha tenido con Adam se remueve en su interior, que se le enciende dentro un deseo atávico y familiar. Es consciente de la facilidad con la que las dos capas distintas de excitación se superponen, se estimulan mutuamente. A la vez, en algún punto recóndito de su ser, Esben es como un guijarro en el zapato. ¿Qué le pasa, por qué se comporta como un adolescente que se excita por todo y por todos? Ha intentado zambullir su corazón fogoso en agua fría, pero no hace otra cosa que inflamarlo todavía más, furioso como las piedras de una sauna. Deja que arda y se arrima al cuerpo fuerte de Charlie, deja que la atrape contra la puerta, nota que le agarra la cara con más fuerza mientras la besa, y sentirse sujeta la hace sentir bien, y Charlie le aparta las bragas con la otra mano. Cuando follan, se da cuenta de que encajan bien, de que fingen pero son ellas mismas, de que las dos quieren lo mismo.

—Dime que soy tonta.

—Eres tonta, eres una niña tontísima —susurra Charlie en un tono medio agresivo, medio apaciguante, mientras la acaricia—. Y una niña muy lista que está muy mojada.

Sylvia suspira, gime con la cara enterrada en el hombro de Charlie, se muerde los labios para no hacer ruido, pero no puede evitar ahogar un grito cuando Charlie le da la vuelta y le mete dos dedos con fuerza, y es maravilloso, se deja arrastrar por la sensación de estar colmada, de sentir el pómulo contra la puerta, la piel caliente sobre la rugosidad de la madera, sigue los movimientos y la voz de Charlie, intenta gemir sin hacer ruido mientras nota cómo algo se hincha en su interior, y Charlie le aprieta la cara contra la madera fresca, y la sensación de estar en tensión, de estar sujeta, es maravillosa y no quiere otra cosa que concentrarse en los dedos de Charlie, en esa sensación, pero le fallan las piernas, los músculos de sus muslos se niegan a mantenerla en pie y le sale una voce- cilla rota que pide tumbarse, pero Charlie la ignora deli- beradamente.

—¿No podemos ir a la cama? —repite. Charlie le cu- bre la boca, hace más fuerza y a Sylvia casi le parece oír la sonrisa que esboza junto a su oreja, llena de impacien- cia fingida.

—Cállate la boca —le susurra—. Eres una niñata.

Con la reprimenda también la consiente, la acaricia. Sylvia lo sabe y se derrite, gime por debajo de los dedos de Charlie, agradecida y líquida.

Charlie se compadece de ella y la lleva a la cama para tumbarla. La lame con delicadeza, deja que Sylvia se re- tuerza con cada movimiento, lo alarga, es una sensación maravillosa, como olas que la acarician en la orilla, el agua se cuela bajo la arena húmeda y le arranca destellos de madreperla antes de que llegue la siguiente ola llena de espuma blanca, de destellos, que luego se retira para que llegue otra, y otra.

—¿Quieres que haga que te corras?

—¿Me dejas?

Sylvia no sabe qué es lo que Charlie hace que sea dis- tinto, pero nota que su cuerpo se desmorona, se derrite, que las olas se suceden cada vez más deprisa y con más fuerza, que se eleva, que flota, y que su cerebro, el ombli- go, el clítoris, toda ella se ilumina a la vez cuando se corre.

Ahí tumbada, es consciente de presenciar un mila- gro: ella era un tarro lleno de un líquido oscuro y pesa- do y de repente el tarro se ha roto y la oscuridad se ha desparramado y ha desaparecido y ella se ha quedado como un montón de fragmentos que se van a recompo- ner en un abrazo y el tarro volverá a estar entero, pero vacío y liviano. Por eso necesita el sexo tan duro, para poder romperse y recomponerse, porque, aunque parezca un juego, es la forma más concreta de cuidados que ha recibido en su vida.

Charlie murmura, con la boca pegada a su cuello:

—¿Por qué no nos compramos una casa como esta para vivir?

Y la idea le parece la mejor del mundo, y también la peor.

—Hmm —murmura Sylvia, que no confirma ni desmiente. Se quedan tumbadas, piel contra piel.

Al cabo de un rato, nota que la respiración de Charlie se vuelve más profunda, más apacible. Nota el paso del tiempo, un cambio en la luz. Los demás ya habrán comido, le sabe mal habérselo perdido, pero también la satisface lo que implica su ausencia evidente de la mesa, fardar de su vida sexual.

Le entra mala conciencia al pensarlo. Ojalá pudiera ser más despreocupada, estar presente y nada más. Le gustaría poder quedarse dormida a ella también, poder soltar.

¿No puedo hacer ni esto? ¿No puedo estar presente, sin más? ¿Darme por satisfecha?

Encaja bien con Charlie, ella tan fluida, Charlie tan sólida. Recuerda haber visto una serie de televisión en la que una mujer decía: «En todas las relaciones hay una rosa y un jardinero», y nunca ha dudado de ser un jardín asilvestrado y Charlie, un jardinero paciente. Se siente protegida, segura. Es la sensación como de refugiarse en el interior, junto a una chimenea encendida, la sensación de que ya nada nunca más irá mal. Pero ¿por qué se siente tan rara, como si la chimenea encendida consumiera todo el aire de la habitación y el calor y la seguridad

fueran excesivos, sus pieles pegadas, el estar tan abraza-
das; es como en el barco de Charlie, que se vuelve claustrofóbico de un modo que hasta la menor oscilación de la
marea le da náuseas. De una patada sigilosa, se quita el
edredón de encima.

Quiere a Charlie. Es la misma historia de siempre,
una intimidad a la que ya le va bien repetirse hasta la
muerte o la separación. Cuando más le gusta estar con
Charlie es cuando follan. Porque cuando no follan se
siente culpable, como si intentara en vano sacudirse las
dudas. Pero, ahora que Charlie duerme, puede prestar
atención a sus pensamientos. Se pregunta qué estarán
haciendo los demás. ¿Estarán despiertos en las habitaciones que tiene alrededor, se estarán abrazando? Se
imagina que Esben y Karen tienen relaciones sexuales,
le sale decirlo así, no «follar», sino que lo que hacen es
algo más frío y, sin embargo, íntimo: tienen relaciones
sexuales.

Se imagina que no dicen nada, que es todo muy cine-
matográfico (lo justo de sudor, lo justo de rubor), un sexo
ágil pero minimalista, de sábanas siempre blancas y abun-
dantes, lo bastante grandes como para enrollarse y retor-
cerse sin que se salgan nunca del colchón. Sexo ecológico,
un poco serio sin ser petulante, a esos dos no les saldría
nada natural decirse guarradas, sería como una película
muda estilizada, o tal vez algo que podría haber dirigido
Joachim Trier, algo escrito por Sally Rooney, con buen
gusto, sutil, naturalista pero fotogénico.

Piensa en Gry y en Adam, y se le ocurre que él debe
tomarla bastante en brazos, que el sexo que practican
debe de ser bastante vainilla, piensa en lo apocada que es
Gry, en la corona gloriosa de su melena cuando lleva el

pelo suelto, en tanta inocencia sin un atisbo de perversión, y le da por pensar que menudo desperdicio. Sabe, sin saberlo, que Gry era de las chicas que se dedicaban a hacer elaboradas trenzas francesas a sus amigas en las horas libres del instituto y se permite generalizar: hay dos tipos de mujeres, las que se dedicaban a hacer trenzas a sus amigas de adolescentes y las que de adultas dan rienda suelta a sus perversiones.

Pero Adam, cargado de energía furiosa… ¿a él le irá lo de ponerse violento? ¿Tendrá que esforzarse para no ser destructivo? Es un macho alfa con una hembra alfa que se ve obligado a tener un sexo respetuoso y frustrante, ¿será por eso por lo que parece siempre tan gruñón? A Sylvia se le escapa una risita, pero ¿qué sabrá ella? Tal vez el sexo entre ellos es celestial, tal vez Gry es dominante, una reina. Imposible saber nada de los demás, incluso en el grupo de amigos, donde todos son de lo más sinceros y cariñosos y les encanta hablar de sí mismos. A ninguno de ellos se le ocurriría ni en sueños relatar lo que hace de verdad en la cama, encadenados como están al pudor de la ironía. Sylvia alarga la mano, golpea la pared con los nudillos. ¿Cuán gruesa es? Quizá los demás sí puedan darse por enterados.

Con Haya sí que puede hablar, son camaradas conspiradores que comparan siempre sus respectivos apuntes secretos. Haya, que es como un anuncio ambulante del pecado, como un pastorcillo de la antigüedad, un *gentleman* capaz de ligarse a *femmes* embelesadas en la Noche Bollo, de conseguir *matches* en Grindr, de flirtear en el parque. El carisma que rezuma se contagia a quienes lo rodean y ella lo adora por ser un Pan auténtico, un dios del bosque que siembra confusión a su paso; lo adora por estar confundido, por mostrar tanta seguridad como dudas, eso lo hace aún más irresistible.

Cuando se hacen confidencias al respecto, él no tiene miedo de mostrar sentimientos encontrados, una ambivalencia mucho mayor de la que muestra de puertas afuera. ¡Ay, el género! Todavía no tiene muy claros los pronombres que quiere, ni si el gel de testosterona ha venido para quedarse. Es consciente de que tiene encima una presión por darse a conocer, por elegir un sexo, un bando. Pero para él el género es poesía, no gramática.

Le dijo: estoy a gusto con mi cuerpo, estoy a gusto con la ambigüedad. Tiene coño y ahora, además, el micropene que le ha crecido, que por micro que sea es bonito, un feliz efecto secundario de la testosterona. El suyo es un cuerpo que parece sacado de una columnata de la Gliptoteca, el sueño de un escultor, modestia aparte. Él le habló de la estatua de Hermafrodito que está expuesta en el Louvre, le gusta el mito de Hermafrodito, hijo de Hermes y Afrodita de quien se enamoró una ninfa que se fundió con él. Es un chiste privado entre él y Sylvia: aunque ya nadie dice «hermafrodita» hoy en día, claro que no, a Haya le gustaría poner de moda la palabra, porque algo en su interior se regocija ante la idea de ser una fantasía griega, alguien que durante milenios ha hecho enloquecer secretamente a hombres y mujeres y, si de él depende, volverá a causar sensación.

Ha elegido tratarse de «él» porque es lo que le parece más adecuado, pero también porque «él» es un concepto que está muy necesitado de un poco de duda. Y de duda y confusión él sabe un rato.

Sylvia recuerda que le dijo, muy serio, como queriendo negar cualquier lealtad hacia la masculinidad: «Ser hombre hoy en día significa llegar tarde a la fiesta. Ya no hay oportunismo posible, el patriarcado es una montaña humeante de escombros».

DÍA 3

Haya planta una esterilla de yoga en mitad de la terraza, se estira y se dispone a saludar al sol con unos vaqueros cortos de color azul claro. Se dobla hacia delante, se levanta sobre los antebrazos, una contorsión circense con una pierna estirada hacia el cielo mientras su espalda y su abdomen se embeben de sol. Se pasó un año sin que le diera el sol por recomendación médica, pero ya no quiere pasar ni un día más encerrado, quiere ponerse moreno y, si las cicatrices del pecho permanecen pálidas en lugar de camuflarse, le da igual porque no tiene nada que ocultar. Hoy se siente bien, pasa con fluidez de una postura a otra. ¿Es un poco excesivo hacer yoga aquí en medio, como si la terraza fuera un escenario?

No, no tiene nada en contra de dar un espectáculo. A decir verdad, lo irrita que nadie más se haya levantado todavía, no tener público. Ya no podía dormir más, se ha despertado con una inquietud en el cuerpo que lo ha desvelado a una hora desacostumbradamente temprana. Cuando termina con el yoga se va al lago y se desnuda. La luz de primera hora de la mañana tiñe la superficie de color lavanda, es insultante que no haya nadie presente para caerse de culo al verlo. La superficie está tan quieta que el agua parece un líquido viscoso que se escurre despacio entre sus dedos cuando da un par de brazadas, se zambulle y se queda flotando panza arriba, se mete los dedos entre el pelo, se separa los rizos para que el agua fresca le llegue hasta el cuero cabelludo. Aún se baña como cuando era niño, cuando podía pasarse horas en el agua, ingrávido, inventando un mundo bajo la superficie. Al hacerse mayor, descubrió la resistencia que presentaba el agua si ahuecaba la mano y movía el brazo adelante y atrás bajo la superficie, imaginando cómo sería tener polla. La experiencia no le permitió sacar nada en claro, pero al sacudir la mano adelante y atrás se sentía como si estuviera haciéndole una paja al lago, al océano, de algo tenía que valer aquello. Lo intenta, se pone de rodillas y el agua poco profunda de color gris morado lo apoya, lo sostiene, y se pone a bombear con la mano, cautivado por el paisaje, por los pajarillos que despiertan, por las ondas que recorren la superficie.

Oye pasos que se acercan corriendo muy deprisa y se impulsa apresuradamente con las piernas para que los movimientos de la mano parezcan brazadas.

Al mirar atrás descubre a Adam en la orilla. Apoya las manos en las rodillas mientras recupera el aliento. ¿Sale a correr diez kilómetros cada mañana? Faltaría más.

—¿Está fría?

¿Qué va a responderle? La verdad, ni lo ha pensado, su forma de ver el mundo no es así. ¿Qué importancia tiene la temperatura en ese lugar idílico? Entorna un poco los ojos.

—Eh… está fresquita.

Adam da media vuelta y va hacia la casa. Haya siente alivio, pero no consigue detenerse; tiene cero control sobre sus impulsos y protesta, en voz no muy alta pero que se oye perfectamente en la quietud de la mañana:

—Gallina.

Adam se detiene. Gira sobre sus talones y se quita la camiseta, dejando ver una piel cubierta de ronchas rojas por el ejercicio, se mete en el agua con el pantalón corto de correr, se zambulle de cabeza. Adam no se baña; Adam nada. Crol. Pasa frente a Haya, que de repente es muy consciente de estar desnudo y se siente atrapado en el agua, y observa a Adam, que se aleja nadando, mientras decide qué hacer. Podría salir del agua y largarse, le dará tiempo, pero entonces Adam da media vuelta y vuelve nadando hacia la orilla. No puede permitir que Adam salga primero.

Pero entonces se detiene, se queda flotando. Adam es inescrutable. Le da la espalda para contemplar el lago. *¿Está esperando a que me vaya?* Haya no entiende qué se propone Adam. Y se hace un silencio extraño e incómodo.

Entonces Adam se zambulle. Haya no espera a ver cuánto tarda en salir a la superficie; corre a la orilla, se pone el pantalón corto de un salto y regresa a la casa. Quiere volver a meterse en la cama, volver a empezar el día.

Gry y Karen preparan el almuerzo. Gry trocea hojas para una ensalada muy completa y delega en Sylvia el hinojo mientras comenta lo bien que están durmiendo los niños, debe de ser por el aire fresco. Sylvia se arrepiente de haberse ofrecido a ayudar a preparar el almuerzo. Están en el paisaje más bonito del mundo y se han puesto a hablar de la hora de acostarse, de la calidad del sueño. Corta el hinojo. Se imagina todos los rituales ridículos e insignificantes que se inventan las familias nucleares para sentirse completas, para hacer funcionar la cotidianeidad. El bullicio de las mañanas, preparar gachas de avena, discutir de forma eficiente, salir corriendo por la puerta, reencontrarse al otro lado de la jornada laboral, que concluye con una victoria pírrica sobre los enemigos de siempre: la cena, recoger la cocina, acostar a los niños.

Y todo para caer rendidos, apoltronarse juntos en el sofá, en el cheslón gris o beis de siempre, arrumacos, una respiración serena, la seguridad de que el ajetreo de todos los días es algo seguro, sí, que ese es el sentido de la vida. Y cada día transcurre con aburrimiento, un éxito de lo cotidiano.

Sylvia trata de dejar de escuchar mientras Gry reflexiona en voz alta sobre lo que les va a poner a los niños de cenar, se plantea preparar un postre, recoger y cocinar el ruibarbo que crece en la parte trasera de la casa.

No es que no le caiga bien Gry. Ni Karen.

Pero...

Esa normalidad despreocupada que tienen. Las rebequitas de bailarina hechas a mano de Gry, como un susurro de alpaca suave, el bañador con rayas de cebra de Karen, muy kitsch pero que a ella le sienta divino, elegante, su esbeltez natural, la fuerza de yoguini de Gry, que hace que Sylvia aún ahora se sienta torpe comparada con ellas, normal que una se sienta gorda si se rodea de amigas con una licenciatura en humanidades que siempre han preparado platos de repollo y saben cómo cocinar las alcachofas. El tipo de mujer que prepara almuerzos de tres platos para los demás y luego se olvida de comer. Sylvia es más de olvidarse de que ya ha comido y comer otra vez. Les sale totalmente gratis no depilarse las piernas porque el vello que les recubre las pantorrillas es liso y claro y relumbra al sol y no tiene nada que ver con los pelos oscuros y fuertes de Sylvia, que más que vello es una declaración de intenciones. E igual que su vello es casi transparente e imperceptible, su sexualidad hetero se lo pone todo fácil, no les cuesta nada ser ellas mismas, son abiertas de mente y una noche de *rave* se besaron con una chica muy guapa en Berlín, ojo, pero nunca les han gritado por la calle por ir de la mano de sus novios.

No tienen prejuicios ni están aburguesadas, por Dios, no van por ahí con monitos de Kay Bojesen colgados, no las acusaría nunca de ser tan poco imaginativas; no van locas por comprarse un adosado, aunque (fulmina a Gry con la mirada) sí son de vivir en la periferia, a cinco minutos en coche del centro, atención (gracias a su buena posición económica, a la facilidad para acceder a una hipoteca que consiguió al casarse); a Sylvia no le sorprendería que Gry fuera la primera en salirse del sistema, en verle el encanto a una ecocomunidad monísima en el campo, algo caro e idealista.

Qué va: Gry, Karen y sus maridos son gente tolerante, de izquierdas, progresista. Lo que pasa es que viven una vida que, paradójicamente, parece muy conformista. Eso es lo que la enerva, que se permitan tener razón, quedarse con la perra gorda: ser poco tradicionales y a la vez tradicionales a más no poder. Ser tolerantes, pero encajar perfectamente en las estadísticas. Estar al día con la nueva literatura rompedora mientras tienen uno coma cinco hijos y les abren una cartilla de ahorros. Ponerse a hacer *baos* al vapor en aquella cocina luminosa, encarnando una imagen de pura felicidad.

Ay, los pequeñoburgueses de profesiones liberales. ¿Acaso ha producido la historia algo más perverso? El hinojo queda reducido a trozos cada vez más pequeños.

Para Sylvia, la treintena fue la gran traición. Iban juntos a la biblioteca. Leían a Foucault, a todos los teóricos radicales que encontraban, iban a revolucionar la cotidianeidad, leían poesías que expandían la mente, participaban en manifestaciones día sí, día también, hablaban crítica de género con fluidez. Les pusieron un excelente. Leyeron a Sara Ahmed, estaban advertidos de cómo la compulsión de felicidad normativa coloca a la familia nuclear en el centro y arrincona a cualquier otra forma de vida. ¿Qué pasa? ¿Acaso los demás se lo estudiaron solo para el examen? ¿Fue ella la única que se lo tomó literalmente? *Os drogabais más que yo y ahora parecéis adormilados. ¿Estáis contentos? Parecéis contentos.*

En su momento creyó que todos acabarían siendo otra cosa, algo más fluido. La treintena tenía que ser igual que la veintena, pero con más dinero y menos complejos. Y lo que pasó fue que se volvieron más tradicionales, más como sus padres. Lo único bueno de la forma en que se han zambullido en las estadísticas típicas de su franja de edad es que lo más probable es que acaben divorciándose; es cuestión de tiempo. Pero hasta que llegue ese momento, detesta ese juego de las sillas en el que todo el mundo mira a su alrededor hasta que su mirada encuentra un compañero, y entonces forman una unidad, se sientan en una silla y se acabó.

La sincronía aburrida de las parejas. Nadie tiene imaginación para otra cosa. ¿No éramos bohemios hace cinco minutos?

Lo criminal no son esas relaciones individualistas y convencionales, piensa, sintiéndose magnánima, justificada. *Es la dictadura total de la pareja convencional lo que habría que abolir*, añade para sí, despiadada, precisa, y agarra más fuerte el cuchillo para cortar con ímpetu. Ha visto a las mejores mentes de su vida someter la imaginación a la seguridad, a la mediocridad. Las ha visto llegar a la conclusión de que mejor pájaro en mano que ciento volando.

Trocea un hinojo como si fuera un corazón. Sospecha que los demás también están familiarizados con lo que ella está pensando, que deben de saber lo que significa dudar, no estar del todo convencido, sentirse extasiado, lo bastante enamorado como para tal vez haber soñado con algo más, aunque al final el miedo a la soledad siempre gane la partida. En lugar de separarse, de divorciarse, se dicen a sí mismos, se dicen el uno al otro que no, que quizá ya no estemos enamorados, pero somos un buen equipo, somos buenos compañeros.

¿Son cobardes? ¿Son realistas?

Sí.

Por la ventana de la cocina mira hacia el lago, ve a Haya y a Charlie sentados en el margen del bosque haciendo coronas de flores, como un idilio veraniego infantil.

Titubea. ¿Acaso es ella mejor? Sylvia nota la espera de Charlie, su paciencia, como un anhelo que dice: «Estoy preparada para cuando tú lo estés». Preparada para tener hijos, para casarse, Charlie ya sabe qué raza de perro le gustaría tener para cuando se compren una casa. Ese anhelo es algo parecido al amor, algo parecido a una tiranía de terciopelo. Adáptate, métete en el molde. O dile adiós a todo y quédate sola. No quiere ninguna de las dos cosas.

Entonces, ¿qué quiere?

A Esben, claro. Sabe lo bien que estarían juntos, que siempre han tenido algo especial, que él nunca se olvidará de ella, que ella no puede dejar de pensar en él. Si fueran pareja, si estuvieran juntos cada día, nunca se aburrirían, se exigirían un nivel extraordinario, pensarían y escribirían y debatirían y ella por fin podría dar salida a toda la inteligencia que tiene encerrada, al enjambre de pensamientos que se acumula en su interior, podría soltarse, y él, tan tierno, tan profundamente considerado, la ayudaría a sistematizar sus ideas, vería su luz interior y ella se convertiría en su mejor versión.

Él es tan bueno, tan ético... nunca le sería infiel. Pero ¿es ella capaz de decírselo, puede conseguir que entienda que él también podría elegir ese futuro? Elegirla a ella.

No tiene intención de destruir nada, faltaría más.

Pero está más que dispuesta a destruir lo que haga falta, si no le queda más remedio.

La verdad, descubre, es que no está celosa de que Karen se acueste con Esben. Lo que pasa es que no entiende por qué tiene que ser Karen.

Vuelve a mirar a Haya y a Charlie, lo cómplices que parecen, inconscientes de que representan dos necesidades que tiene. Libertad y seguridad. ¿No puede tener las dos cosas? Detrás tienen el lago en calma, qué escena más preciosa. Se le ocurre que esa belleza es la clave. Es aquí donde puede suceder, es aquí donde se puede crear algo nuevo que no se parezca a ninguna otra cosa.

¿Por qué no vivimos siempre aquí, con más gente, junto al bosque, en cabañas pegadas a la orilla del lago, por qué no nos vestimos con caftanes (no, ¿igual quedaría muy de secta?, mejor con la ropa veraniega que cada uno elija, hasta a ella le quedaría bien una túnica ancha con bordados y los pies descalzos), ¿por qué no comemos pasta en forma de caracola e higos, setas asadas, anchoas y albaricoques, postres de granada en las comidas que haríamos todos juntos, tomates maduros, azafrán, todos sáficos y pansexuales? (Contempla dolorida el corazón de hinojo que ha quedado reducido a cortes muy finos. *¿Por qué no te comemos sentados a una larga mesa utópica?*), por qué no vivimos en este aire puro, que nos ayudaría a dormir bien a todos, no solo a los niños? Podríamos cuidarnos unos a otros, nos levantaríamos temprano, descansados, y nos saludaríamos con besos al amanecer, nos leeríamos en voz alta, todos seríamos el problema de los demás...

¿Y de qué viviríais?, interviene su realista interior (apenas una vocecilla), pero la aparta de un manotazo. Ya viven de escribir, para la universidad, para la prensa, de escribir libros, eso lo pueden hacer desde allí, en el bosque hay internet. Podrían escribir juntos, se le ocurre, leer los textos de los demás y comentarlos, afilarse la mente, como hacían en la biblioteca, pero en serio; ayudarse unos a otros a elegir las palabras adecuadas, a construir un análisis, una empresa intelectual de verdad, no solo por echarse el rollo. ¿Empezarán a hablar de ellos como una escuela, con admiración? Se le sube la vanidad a la cabeza. Debatirían con arrojo sobre la situación mundial a la hora de la cena y ella por fin entendería de qué va todo (Karen y Adam se lo podrían explicar, transmitirle sabiduría socioeconómica), y Esben enseñaría a los niños a leer a Rilke, como en una polinización cruzada entre poesía y política, y venga platos vegetarianos elaborados y ella comería todo lo que le pusieran, Gry le enseñaría a

transmutar la col kale y las legumbres, aprendería a tejer como Karen y se pondría fuerte como los niños, que se bañarían y tendrían unos saludables cuerpos tostados por el sol, treparían a los árboles (ahí se detiene; ¿se estará pasando de fascistoide con lo de los cuerpos infantiles fibrados?).

No hace falta que se conviertan en una cooperativa, a lo kibbutz o como la ciudad imaginaria de Bulderby en los libros de Astrid Lindgren, menuda ordinariez. Todos los ejemplos de gente blanca que intenta vivir como los pueblos indígenas, ser autosuficientes y sostenibles le parecen tristes y algo perturbadores, si piensa en toda esa gente que se ha instalado en la isla de Møn o en la parte sur de las islas de Fionia para construirse una granja y cardar lana, como sectas cristianas; ella se imagina algo menos ascético, más sexual, más asequible.

Podrían seguir viviendo en pisos en la ciudad, compartiendo escalera, comprar sofás grandes y pasarse algunas noches juntos, tumbarse unos sobre otros de forma ambigua. Eso sí que podrían hacerlo cuando vuelvan a casa. ¿Es ella la única que ansía algo así? Volver a la vida estudiantil a la que renunciaron sin mirar atrás, volver a debatir, a flirtear, a discutir con las mejillas encarnadas una noche ahíta de vino: ¿qué es lo que se esconde detrás de eso?

La verdad tácita entre ellos es que les cuesta quedar por culpa de los trabajos y los niños. Pero eso, los trabajos, los niños, no son más que una coartada para permitirse volverse tan aburridos como lo fueron siempre, para soltar el ansia de ser interesante y zambullirse en una existencia apacible de gloria pasada en la que la mayor preocupación es la hora de acostarse. Quiere salir de la cocina, ir a ver a los demás, el hinojo, tiene que hablar con Haya. Una última esperanza, un último aliado.

Si Haya conociera a un buen hombre o una buena mujer o una buena persona y se pusiera a tener hijos, Sylvia se haría el harakiri. O se iría a vivir con ellos sin pedir permiso y se convertiría en una solterona amargada, siempre borracha antes del mediodía, melodramática a tope. En cualquier caso, aprenderá a tocar el piano en plan melancólico. O el acordeón. Justo a la hora de acostar a los niños.

Gry acaba de cortar lo que Sylvia ha dejado a medias sobre la tabla y prepara la ensalada. Karen constata:

—Me parece de muy mal gusto que se escaquee.

—No pasa nada —responde Gry—. Ya casi estamos.

No sabe por qué la excusa. No sabe por qué Karen puede declarar que tal cosa está bien o está mal mientras ella tiene que limar todas las asperezas, asegurarse de que todo el mundo esté contento y aquí no ha pasado nada. Karen no tiene miedo a nada.

Cuando la conoció, creyó que se parecía a las chicas populares del instituto, rubias altas y esbeltas que eligen a sus amigas antes que nadie. Gry era buena estudiante, jugaba a las cartas en el recreo, firmaba anuarios y fue una de esas niñas que se pirran por los caballos sin llegar a tener nunca uno. Más adelante se convirtió en la que sujetaba el pelo a sus compañeras borrachas. El corazón se le henchía con cierta superioridad humilde, un aprendizaje moral apaciguante aprendido de mil películas de adolescentes: las chicas populares eran superficiales y cabeza huecas, el arquetipo de la animadora del equipo de fútbol tenía algo de malicioso que no estaba destinado a perdurar. A las chicas como Gry siempre les llegaba el momento.

Pero luego se hizo mayor y aprendió que no hay justicia en el mundo al conocer a Karen, la versión 2.0 de la reina de la clase, como Noora de la serie *Skam*, una nueva mutación con la misma belleza clásica de las chicas con las que fue a secundaria y, a la vez, mejor feminista, mejor ciudadana del mundo, sin miedo, talentosa, versada en geopolítica. Y no le quedó otra que hacerse amiga de ella, porque con alguien como Karen no se puede competir.

Sin embargo, Gry se dice que no tiene por qué sentirse inferior. ¿Acaso ella no es igual de talentosa? ¿No puede hablar con Karen de cosas serias, de su investigación, de temas académicos? Gry no quiere ser solo una amiga, una madre. Contempla la superficie del lago.

—He estado leyendo sobre este lago, hay varias leyendas sobre él. Dicen que se ven luces misteriosas de noche, que se oyen remos, como si hubiera botes navegando.

—Yo nunca he visto tal cosa —responde Karen, como si no la escuchara.

—No, claro que no, porque no es real —dice Gry con una sonrisa, y profundiza en el tema—: Pero es muy típico que se relacione a criaturas seductoras con los lagos, arquetipos como los duendes o las dríadas, que tienen una dimensión demoníaca además de heroica que atrae a las almas desprevenidas a la depravación, pero con aire travieso. Me dedico a recoger fuentes sobre ese tipo de cosas, sobre cómo se inventan criaturas para justificar la perversión, que explican por qué la gente de repente hace cosas que en circunstancias normales nunca haría. Pero oye, tú eres de aquí, ¿conoces alguna otra leyenda del lago?

—Qué va. —Karen se encoge de hombros y no le cuenta la historia de la mansión, o quizá sea un castillo, que dicen que se encuentra en el fondo del lago. Se dice que en los días soleados hasta se ven las chimeneas. Es un cuento que le contaron sus padres cuando era pequeña, es conocido en toda la región. Se dice que la península en la que está la casa era antes un istmo que recorría el agua, donde en la Edad Media se hallaba el caserón o el castillo de Freggelund, que se hundió por un castigo de Dios. Una noche, una criada borracha metió a un cerdo sacrificado en la cama y mandó llamar al cura para que administrara los sacramentos al moribundo. Cuando el cura acudió a darle la bendición y descubrió que se trataba de un cerdo, maldijo ese lugar, que acabó hundiéndose hasta el fondo del lago.

Karen se pone a recoger y no le habla a Gry de las vírgenes de Freggelund, criadas que embrujan el bosque, bellas mujeres vestidas de negro que alejan a los viajeros nocturnos del camino. Cuando era pequeña se dedicaba a buscarlas, se adentraba en el bosque de noche sin ningún miedo. Le parecía ver cosas, alguna luz, una neblina blanca entre los árboles, pero las vírgenes nunca acudieron y Karen aún no las ha perdonado; ¿habrían venido si fuera un hombre?

Karen no quiere que sus recuerdos de infancia se conviertan en parte de la investigación de Gry, una mezcla de magia y ciencia, de cuentos infantiles y antropología que no le parece nada metódica. Le pasa también con las mujeres a las que le gustaría respetar, pero que de repente se autodenominan brujas y se toman muy en serio la astrología en una mezcla desordenada de espiritualidad y autoayuda y feminismo a medio gas. Una corriente de mujeres que salen de una educación humanística y se incorporan a la sociedad, donde les da por escribir textos duros y blandos sobre los cuidados radicales o lo metafórico de tejer, o sobre cómo convertirse en semilla. Mujeres que se agarran de las manos y tiñen lana con musgo y se creen radicales de izquierdas cuando todo el movimiento de práctica ecocrítica a ella le parece indistinguible de ser un ama de casa tradicional. Se vuelve loca hablando con amigas cuyo discurso gira constantemente alrededor de vidas privadas, de microdinámicas sociales y ascendentes astrológicos; no soporta pensar en la de mujeres inteligentes que conoce que desperdician su intelecto analizando su relación de pareja o las fases de la luna, y cuando oye la palabra «retrógrado» piensa en un pueblo en Rusia, no puede evitar querer huir de ahí, convertir cualquier conversación en un combate. Y ahora que está ahí con sus amigos de toda la vida, se da cuenta de que los echa de menos, pero la pone de los nervios que Gry se ponga en plan académico con el bosque en lugar de estar presente: ¿acaso se ha bañado una sola vez?

Karen se crio en ese lugar y no ve nada de metafórico en la naturaleza. El bosque es un bosque y punto. Sin embargo, una parte de ella, en lo más profundo de su ser, cree que hay un castillo en el fondo del lago.

Karen tiene que mantenerse impasible cuando Gry le habla de su investigación, tiene que reprimir la sonrisa que se le escapa al tener que escuchar otra conferencia sobre arqueología afectiva o cualquier cosa por el estilo. Se dice que no se ríe de Gry, sino de las humanidades. Karen sintió un alivio inmenso al terminar la carrera y poder acceder al mundo real, poder poner cosas en práctica, participar en una reunión en la redacción y hablar de cómo son las cosas. La advirtieron sobre los hombres de mediana edad con un puesto fijo de periodista, le dijeron que se pondrían en plan dominante, pero se entendió a las mil maravillas con ellos, le hablaban sin pelos en la lengua y fue toda una liberación, se convirtieron en sus compañeros y ahora son sus subalternos y todo va sobre ruedas.

Claro que le gusta la literatura, no por nada va a casarse con un escritor. Lo que no soporta es la teoría, el postureo, todas las chicas monísimas y listísimas con un trastorno de la alimentación que se matan a trabajar como voluntarias y acaban en manos de narcisistas cuyo único logro es dar clases en la escuela de escritores.

Pero entonces ve a Gry, la forma natural en que trabajan sus manos, con las venas muy marcadas cuando pasa una bayeta por la mesa. Gry, la piedra de toque del grupo, que se habría disuelto hace mucho si no fuera por ella.

Haya y Charlie, sentados en la hierba un poco alejados de los demás, han empezado a hacer coronas de flores sin ponerse de acuerdo en una cadena tan estética como muda de junco florido, campánula, arveja silvestre y milenrama. Los dos, así remangados, se dan un aire a niños de escuela pija, piensa Haya con satisfacción, aunque los coches aparcados algo más allá estropean un poco el paisaje.

—Nunca en la vida me compraría un Tesla —dice Charlie, y Haya responde con una risita.

—Bueno, es que Adam tiene que ser horrible sí o sí.

—Quiero decir que yo preferiría tener un Volvo eléctrico. De color verde salvia. ¿Y qué pasa con Adam?

Haya frunce el ceño.

—A mí me parece un tipo directo y sencillo —dice Charlie—. Es fácil relajarse con él. A veces como grupo sois un poco...

—A mí me parece un pesado, un gruñón. No se esfuerza nada en caer bien.

—Quizá porque está a gusto consigo mismo.

Haya se dice que el hecho de que Charlie no comparta su irritación es una oportunidad de crecimiento. Mientras siguen trenzando flores, refunfuña:

—Pues nada, que se pasee por ahí, el tipo alto y guapo con pocas habilidades sociales con una arrogancia que forma parte de su encanto. Otro señor Darcy, súper rompedor. Es de la clase de hombre que nunca iría al psicólogo porque opina que la gente habla demasiado sobre sus sentimientos, pero si alguna vez pusiera un pie en terapia no se callaría con «es que mi padre, mi padre, mi padre». —Arranca un aster, se viene arriba—: Todos fuimos a clase con el chico popular al que se le daba bien el fútbol y tocaba la guitarra y ha ido toda la vida a favor del viento. Muy previsible y aburridísimo. Estudia algo que tenga utilidad para la sociedad, se casa, encuentra un curro bien pagado. Nunca tiene ningún problema, nunca tiene que darle vueltas a su vida íntima. ¿Cómo va a ser admirable que alguien que se ha criado así esté a gusto consigo mismo? En serio, ¿hay algo más aburrido que una persona sin complejos? Claro que los tipos como Adam caen bien a todo el mundo, igual que a todo el mundo le gusta... el pan. No hay nadie a quien no le guste la vainilla, no tiene ningún mérito. Citando a la gran poeta Shania Twain: *That don't impress me much.*

Haya tiene siete comentarios venenosos más preparados, pero Charlie es inmune a las calumnias.

—Igual tendrías que darle una vuelta. ¿Por qué te cae tan mal Adam? —le dice, sin inmutarse, y Haya le responde con una mirada ofendida.

—Porque es como es. —Charlie aguarda, como si esperara más de él, así que toma aire y añade—: A ver, a lo mejor no es personal, pero me recuerda a la forma de ser de los hombres durante siglos, al orden mundial. Me cuestan los hombres que se mueven por el mundo como pez en el agua, como si estuvieran hechos de la misma pasta que la sociedad. Encajan perfectamente y van por ahí como si nada, sin darse cuenta de lo fácil que lo tienen.

Nota que la respiración se le acelera; no pretende hacerse el gracioso, solo intenta no perder el hilo de sus pensamientos.

—Y mientras, yo soy como... como atrezo. ¡Y no me importa! Pero... me siento raro cuando me enfrento a ejemplares con los ajustes de fábrica intactos que pueden pasearse por el mundo entero sin dejar de sentirse como en casa, que son autosuficientes, que no tienen nada que demostrar. A mí también me gustaría sentirme así. Piensa que en el mundo hay más gente como él, incapaz de verse desde fuera, que hay personas que nunca se ponen nerviosas cuando están en grupo.

—Yo tampoco me pongo nerviosa cuando estoy en grupo.

—Y una mierda. ¡Claro que te pones nerviosa!

Charlie sonríe sin levantar la mirada.

—Vale, pero no estábamos hablando de mí.

—Vale, pues sigamos hablando de mí. Me he pasado muchos años de mi vida tratando de avanzar hacia algo que se acercara a la masculinidad, anhelando sentirme a gusto. Y cuando me enfrento a la masculinidad, pienso a la vez: ¡Ah, mi sueño!, y: ¡Ah, mi eterno enemigo! —Haya suspira mientras reflexiona—. Además, lo que yo quiero no es… ser un «hombre clásico», pero el ideal no desaparece por más sátiro y liberado que yo trate de ser. Y noto el impulso de estar a la altura de ese ideal, o de querer superarlo, o de que me sea indiferente, o de todo a la vez. Pero, por más que me gustaría ganar esta partida, sigo estando atrapado en esto, como un niño pequeño que tiene una rabieta delante de su patriarca. Vamos, que no me he liberado, sino que estoy atascado en medio. No puedo hacer otra cosa que ansiar reconocimiento y afirmación, cosa que me resulta humillante, y por eso intento relacionarme lo mínimo posible con todo esto. No puedo permitirme preguntarme si hay algo que valga la pena en esta masculinidad Tesla, discreta y segura porque, si es así, estoy jodido, ya que tengo cero tendencia natural para eso. Además, sé que cuando me mira, piensa: aficionado.

Haya tira al suelo un puñado de margaritas. Charlie le sonríe y habla despacio, como si se dirigiera a un niño acelerado. Haya es consciente de que está a la defensiva, paranoico, él mismo es el primer sorprendido al descubrir todas las capas que ocultaba su antipatía.

—Tal vez deberías darle una oportunidad a esa parte de ti sin ponerte tan nervioso —le propone Charlie—. A lo mejor de lo que se trata es de que te apetece estar más a gusto contigo mismo, pero en tu cabeza esa idea está tan vinculada a la masculinidad clásica que te parece muy dudosa.

Charlie se echa hacia atrás.

Haya contempla su corona de flores.

¿Sería capaz de comportarse con naturalidad, sin más? Más quisiera.

—Además, puedes decidir que te da igual lo que piense de ti —añade Charlie.

Haya suelta una risita.

—¿Crees que no odio que me importe lo que piensa? Cuesta mucho ser indiferente, y no me pasa solo a mí. Me da rabia ver lo mucho que le doran la píldora, el aura que se permite tener a ese tipo de hombres decididos que se visten por los pies. Creemos que el hombre tradicional es cosa del pasado, pero sigue siendo el placer culpable de todo el mundo. Tendrías que haber visto a Sylvia cuando Adam le ha dicho que el libro que está leyendo es una mierda. Estaba ansiosa de más, quería que la pusiera en su sitio. —Charlie no dice nada—. Creo que anhelamos la energía de padre malhumorado que aseguramos haber relegado al olvido. Nos ha costado un montón de años superar ese ideal del hombre para ser buenas feministas críticas, y basta con que aparezca un tipo alto y rudo para que nos olvidemos de todo. ¿Cómo puede ser? Quizás es lo que nos pasa con el machomán, que tiene una forma de aleccionar, de hablar con superioridad a los demás, que nos confirma la inseguridad que todos arrastramos. Y por eso nos entran ganas de hacer todo lo posible por cambiar su percepción de nosotros, ya sea siendo complacientes u hostiles. Porque así tal vez lograríamos que desapareciera esa inferioridad que sentimos y por fin estaríamos bien. Y es más fácil encontrar esa validación fuera, en una figura de autoridad clásica y reconocible, que encontrarla dentro de uno mismo, descubrir lo que valemos realmente.

Sonríe aliviado por haber defendido su postura, se afloja la amenaza que sentía. Sin embargo, Charlie parece incómoda, distraída.

—¿Qué te pasa?

—Yo también me siento un poco fuera de lugar delante de una persona muy clásicamente masculina —dice Charlie en voz queda—. Aunque tal vez en mi caso el motivo sea otro. A veces pienso que tengo que estar a la altura respecto a una cierta... seguridad... con Sylvia, ser siempre fuerte y, a la vez, considerada... y capaz de todo. A lo mejor este pensamiento tan estricto y paranoico me pasa solo a mí, pero tener una novia bisexual hace que a veces sienta que tengo que ser mejor que todas las mujeres y mejor que todos los hombres al mismo tiempo para que no pierda el interés en mí.

Ah, debe de ser por lo que ha dicho de Sylvia y Adam. A veces a Haya se le olvida la vena celosa que tiene Charlie. Quiere decirle que el género no funciona así, que no tiene que pensar que debe competir de distinta manera con hombres y mujeres, que sobre todo no debería sospechar de los bisexuales.

Pero lo que hace es poner una mano encima de la suya.

—Te entiendo. Pero no tienes nada de qué preocuparte.

Quisiera decirle a Charlie que es la persona perfecta, que es todas esas cosas buenas que fueron los hombres en el pasado: protectora, serena, firme, que folla como un campeón del mundo que va a defender el título, todo bueno, ni una sola cosa mala. Y se le ocurre que, en este momento, flirtear sería de lo más ético y apropiado; decide que va a ser balsámico, así que esboza una sonrisa.

—Para que quede claro: Sylvia se siente diez veces más atraída por ti, y yo también, por cierto; tienes diez veces más energía excitante de papichulo que él, así que no te agobies.

Algo avergonzada, Charlie clava la mirada en las flores, pero Haya sabe que no se ha pasado de frenada, tiene un sexto sentido, es una forma benigna de piropeo. Se echa hacia atrás. Charlie es tan fiel que, por principios, no le devuelve el piropo, pero alarga la mano y le da un pellizco en la mejilla que dura un segundo de más, que es un poquito demasiado fuerte, como diciendo «qué mono eres» y también «córtate un poco», igual que hubiera hecho con Sylvia, y Haya suspira con indignación fingida mientras por dentro se estremece de gusto.

Nota que la sangre le sube al punto de la mejilla que le ha pellizcado, que le va a quedar una rojez. Con eso basta. No hace falta nada más. Terminan sus coronas en silencio mientras Sylvia sale de la casa y les hace una foto con el móvil. ¿Parece agitada o contenta?

Las bodas son el tema central de la cena. Gry cuenta la suya con Adam, cómo la logística fue un horror, pero que lo disfrutó muchísimo y al final salió todo bien. No le gusta ser el centro de atención, para nada, pero había tantas cosas en las que fijarse que pudo zambullirse en el acontecimiento, convertirse en parte de algo más grande. Sonriente, Gry se gira hacia Sylvia.

—Y vosotras, ¿os vais a casar algún día?

Sylvia nota la mirada de Charlie y sonríe apaciblemente como si Gry no acabara de lanzarle una granada.

—Algún día, tal vez —responde, mientras se pone las gafas de sol y se apresura a pasar la patata caliente.

—¿Y tú, Haya? ¿A ti te gustaría casarte algún día?

Haya parpadea, aparentemente turbado.

107

—Creo que voy a tener que esperar mucho tiempo.

Sylvia lo observa. ¿Le gustaría vivir como Haya, de un rollo al siguiente? ¿Le gustaría darse permiso para experimentar, para satisfacer sus apetitos, sean cuales fueren? Haya y su síndrome crónico de Peter Pan, que no le pide seguridad ni responsabilidad a nadie, que solo quiere encantar y que lo encanten. Y, si te he visto, no me acuerdo.

Adam se arrellana en su silla.

—No creo que vaya a pasar tanto tiempo. Te doy dos años para encontrar una relación estable y que os vayáis a vivir juntos. La gente siempre acaba teniendo una vida normal —dice, con la convicción de la estadística—. Antes de que te des cuenta estarás borrando Grindr e instalando aplicaciones educativas para bebés.

—Cualquier app puede servir para ligar si uno le echa ganas —responde Haya con una sonrisa—. ¿No eres tú el que ha dicho que hay que ser más Bogart —ahí Haya pone una voz más grave— y pasar a la acción, hacer lo que sea, gozar a fondo de la libertad?

—Hablaba de literatura, no digo que haya que hacerlo en la práctica —replica Adam.

Haya hace oídos sordos y se gira para enfrentarse a la mesa, consciente de que es el único que no ha venido en pareja.

—A ver, yo no juzgo —les asegura en un falso tono de tolerancia—. Solo pienso que nos restregáis demasiado vuestro estilo de vida y sexualidad. Y, la verdad, yo no sería capaz, ni loco me meto en la secta heteronormativa y monógama de la procreación. ¡Felicidades por la boda!

Todos se echan a reír y Haya se mete a fondo en su papel de bufón de la corte, con libertad para decir lo que quiera.

—Además, ¿cuál es tu orientación sexual, Haya? —le pregunta Karen. (Gry da un respingo. Esas cosas no se preguntan, son demasiado íntimas. ¿En serio que se puede preguntar eso?).

—La verdad, creo que yo lo que represento es... la desorientación sexual —responde mirando fijamente a Karen, que le contesta con una sonrisa.

—¿Cuánto tiempo llevabas muriéndote por soltar ese chiste?

—Demasiado —responde Haya.

Sylvia carraspea.

—Vamos, que nos hemos vuelto todos un poco aburridos, ¿verdad? Es todo tan... individualista... Por no decir solitario. ¿No deberíamos vivir más en conjunto? ¿No deberíamos hacer más locuras y estar más, qué sé yo, más desorientados? Me acuerdo de cuando estudiábamos y nos veíamos constantemente. Y, si os soy sincera, siempre creí que tendríamos vidas más literarias, más fantasiosas, que encontraríamos una forma de vida diferente, maravillosa, que fuera solo nuestra, una forma de vida... nueva.

—¿Y qué es lo que quieres? ¿Irte a vivir al campo a una comuna con cama redonda como hacían en los 60? Les fue de maravilla, basta con preguntar a los hijos que tuvieron —dice Adam.

—No —responde Sylvia, indignada (¿o sí?)—. No sé lo que quiero, pero creo que lo que me gustaría es... todo lo posible. ¿A vosotros no os pasa?

Esben sonríe como si nada, como si no la hubiera oído, y responde a Haya:

—Yo también lo pensé. ¿Para qué celebrar una boda? Me parece una cosa anticuadísima. Pero, a la vez, pienso: ¿por qué dejar pasar la oportunidad de celebrar el amor?

El amor es algo distinto a una vida cuadriculada, a trabajar a todas horas, a tener hijos y ser un equipo de dos para lo bueno y lo malo, eso no nos gusta de verdad a ninguno. Pero este estilo de vida no deja mucho sitio para nada más. Nos gustaría que nuestra boda fuera una celebración del amor, no solo el nuestro como pareja sino el de todos, porque vosotros, nuestros amigos, sois las personas más importantes de nuestra vida y con quienes queremos compartir la existencia. Nos gustaría que este amor nos envolviera a todos.

Sylvia clava la mirada en la mesa.

Esben le toma la mano.

—Las cosas no tienen por qué ser aburridas.

Haya pone los ojos en blanco, aunque se ha ablandado y admite la derrota. Una boda veraniega es irresistible, no se puede negar, puede ser un buen fiestón.

DÍA 4

Sylvia sale al sol, despliega una estera y se tumba, la aguijonea la certeza de que falta un día menos para la boda y no sabe qué va a hacer. Nota una ira que bulle en su interior que no trata solo de ella, del rechazo; es algo mayor, ahora que por fin estaban aquí, con lo que le apetecía tener tiempo para estar juntos, estar de vacaciones, quedarse hablando hasta tarde, volver a ser un grupo de amigos, y resulta que todo era por una boda, para celebrar a la parejita, y se siente estafada.

Sentado bajo una sombrilla, Esben escribe. ¿Algo para la boda? ¿La distribución de asientos? ¿Los votos que le va a decir a Karen? A Sylvia le encantaría saber qué está anotando en el papel que tiene delante y a la vez no quiere ni pensarlo.

Le parece un error que emplee su talento para la escritura en algo tan superficial.

Recuerda haberle lanzado miraditas de soslayo cuando él escribía en su libretita de espiral en clase, siempre con un aire de concentración intensa, y qué fea era la libretita, no tenía un cuaderno como Dios manda. Se compraba aquellas libretas en paquetes de veinticinco porque las llenaba muy deprisa. Siempre fue muy disciplinado y nada vanidoso; lo único que le importaba era el texto.

Cuando habla con él, Sylvia se siente llena de potencial al verlo asentir con aire pensativo a algo que ella le ha dicho. Cuando la escucha, tiene la sensación de que la han descubierto, hasta le parece que oye su propia voz con una claridad desacostumbrada. Le encanta que, aún hoy, se pone un poco nerviosa cuando hablan, es una sensación descarnada, como si la estuvieran examinando. Si estuviera con él, esa sería su normalidad, podría terminarse los libros aburridos porque entendería que de aburridos no tienen nada, se elevaría. Así es como ella lo ve, como si estuviera en un estado más elevado, lo tiene en un pedestal y espera que él la ayude a subirse. A él no le gusta ser el centro de atención, pero lo es dentro de Sylvia.

Ella recuerda un día de verano en el que Esben se puso a leer en voz alta su primer libro, el de los santos, que le encantó a todo el mundo, en un acto en la calle Møllegade; fue un acto político, todos los actos eran políticos cuando eran jóvenes, por los servicios públicos o por la vivienda pública, no recuerda a favor de qué estaban ese día, pero recuerda que Esben se levantó y fue trastabillando al escenario, tímido pero decidido. Era un verano seco y la ligamaza de los tilos le caía sobre los brazos desnudos. Y Esben se puso a leer como un noble sacerdote con la aureola de sus historias de santos, muy serio. Con el cuello lleno de ronchas rojas. Se hizo un silencio apabullante, el público entero se enamoró de él.

Y ella, ¿cuándo se enamoró? ¿En su cuarto monacal de estudiante? ¿O incluso antes? Tan pronto como lo conoció, tuvo claro que su silencio ocultaba una conciencia casi omnisciente. A ella le pasaba lo contrario: hablaba por los codos para ocultar su ignorancia. Si conseguía acercarse a aquella parte de él tan retraída y tímida, podría participar de esa conciencia.

Sylvia recuerda que un día, entre clase y clase, Esben le habló de un escritor que estaba leyendo, Pentti Saarikoski. Estaban sentados frente a frente sobre el césped reseco bajo el sol, y Esben se puso algo febril, como hacía siempre que algo lo apasionaba, y Sylvia lo escuchaba sin entender muy bien a qué venía su entusiasmo. Había llegado hasta la novela por medio del club de lectura del que era miembro, organizado por una editorial pequeña e idealista. Sylvia se quedó muy confundida. ¿Tendría que leer ella también aquella obra tan finlandesa y secreta como imprescindible? ¿Debería apuntarse a un club de lectura? Sylvia no tenía ni idea de círculos literarios refinados, venía de una familia de clase media de un pueblo, y su mayor vergüenza en la vida es la infancia tan estable como desprovista de imaginación que vivió, rodeada de estanterías con novelas policíacas que la obligó a buscarse por su cuenta aspiraciones más literarias, a tomar novelas de Murakami en préstamo de la biblioteca pública, de Jonas Gardell, de Lotte Inuk, de Strunge y de Salinger; leía de todo y a todas horas, se zambullía en cualquier cosa que le pareciera algo alternativo, sin saber lo que era vanguardista y lo que era kitsch o *mainstream*, porque a ella todo le parecía de lo más refinado. Pero cuando empezó a estudiar teoría de la literatura, descubrió un temario ampliado, toda una sociología que ponía de manifiesto que no había leído nada importante, y empezó a descubrir sin parar nuevas revistas, nuevas librerías independientes, y más de una vez se encontró hojeando alguna antología en la que Esben tenía un texto, ¡su amigo! Ya entonces tenía la sensación de que él iba por delante, de que él formaba parte de manera orgánica del ambiente literario, al que empezaron a referirse sin atisbo de ironía como «el ambiente literario».

Mira al Esben del presente. Está algo mayor, tiene alguna arruga nueva alrededor de la boca, pero sigue pareciendo él mismo, con su aire de concentración, y entonces él levanta la vista y la saluda, alegre, al verla. Como si parte de su seriedad se desvaneciera cuando la tiene cerca.

Gry echa una umbela de saúco al cesto de mimbre que ha encontrado por la casa. Es una pieza atemporal con una tapa trenzada, igualito al que Jane Birkin usó en París en los años 60 y lleva colgado del brazo en todas las fotos. Para Gry es incluso más irónico que un bolso Birkin. Se ha acercado a la iglesia del bosque para llenar el cesto de flores de saúco, para hacer zumo y buñuelos. Sería un crimen desperdiciar esas flores que se abren y emiten su fragancia hasta que se marchitan. Su objetivo es, pues, bien práctico. Le encanta el cesto cuyo peso empieza a notar en el brazo, quizá deba usar su sombrero de paja como cesto adicional, llenarlo de flores, volver con los demás como una diosa de la fecundidad.

Pero no tiene prisa.

No suele tener ocasión de estar sola. Hay un silencio que vibra a su alrededor. Tiene ganas de preparar zumo para sus amigos, ¿qué tipo de deseo es ese? Es como si estar aquí, en el bosque, la volviera más generosa, reconoce sus ganas de ayudar de los viejos tiempos, pero con las capacidades de hoy.

Le gusta cuidar de los demás. Le encanta tener invitados, preparar la casa, hacerse la modesta. Cuando llaman a la puerta, se inclina de forma instintiva hasta tocarse las rodillas con la frente y se revuelve el pelo para darle más volumen. Se arremanga. Entra en escena. Le gusta ser un centro de atención espléndido, mostrarse llena de energía sin parecer atareada. Organizar una cena, convertirse en un cuerno de abundancia. Es algo que le sale con naturalidad.

Evidentemente que ha leído las teorías sobre el trabajo reproductivo oculto, sabe que las mujeres trabajan más dentro del hogar, una segunda jornada laboral no remunerada e invisible. Pero ¿quién dice que no se puede ser una mujer con un cesto en un brazo y un libro en el otro, quién dice que hay que elegir un bando, optar entre la vida intelectual y la doméstica? Puede trabajar toda la mañana y luego preparar la comida, recoger la casa, desenredar el pelo de los niños, llamar a una amiga por la tarde, ¿no es ese el equilibrio con el que sueña todo el mundo? Menea el cesto para hacer bajar las umbelas y hacer sitio para más. No se siente para nada como una víctima.

Al contrario. ¿No hay más bien un atisbo de egoísmo en el trabajo de cuidados, en la maternidad? Dar y dar sin parar para que los demás estén en deuda con ella por haber preparado los dulces, por haberse acordado de todos los cumpleaños. ¿No fue Marguerite Duras quien escribió que la maternidad es una tiranía blanda, con su forma indirecta de dirigir a todos los que la rodean, en la que quien menos poder tiene encadena a los miembros de la familia al hogar con una deuda de gratitud por todo el amor que les ha dado, por la blandura de todas las almohadas que ha ahuecado, por las tartas de ruibarbo, por tantas cosas que acaban generando un agujero negro con su propia fuerza de gravedad al que nadie puede resistirse sin ser un desagradecido. Es inevitable acabar huyendo de ella a gritos.

Gry recoge otra umbela. No, ella no es así. Es la verdad, ella no es demoníaca, ni francesa ni invasiva, ella deja espacio a sus hijos.

Es una madre excelente, nada más y nada menos, ahora que está ahí sola en el bosque se lo puede decir.

Cuando tuvo a Vera, descubrió sin dudar de sí misma ni un segundo una forma de acunarla cuando estaba inconsolable, con una mano en el cogote y un ritmo, un meneo del cuerpo, que le salió como una sabiduría ancestral, un alivio que se guardó para sí. Sus amigas estaban para ingresarlas con la depresión posparto que tenían, leían libros críticos con la maternidad, se dedicaban a «romper tabúes» y alzaban la voz sobre lo terribles que son los primeros años mientras Gry los disfrutó muchísimo clandestinamente, con el grifo de la oxitocina abierto de par en par, y luego vino Sejr y a ella le gustaría tener otro hijo, y quizá tendrían que comprarse un coche aún más tremebundo para que cupieran todas las sillitas. Tiene la profunda convicción de que se las apañaría perfectamente con los niños que fuera. No solo se las apañaría: les proporcionaría una vida maravillosa.

Los pájaros cantan sobre su cabeza.

Pero ¿quién es ella en realidad? ¿Es una madraza que ofrece un hogar seguro y abre los brazos a todos sin sentir nunca la necesidad de tener una aventura, de arriesgar, de desear nada, ocupada como está preparando mermelada, tejiendo un patrón nuevo para terminar a

116

tiempo los regalos de Navidad? Qué práctico lo de nunca estar en peligro, siempre estar para los demás, tender un mantel sobre la mesa.

Siempre se ha esforzado por ayudar a los demás, es algo consustancial a ella. Es una persona moderada que no necesita llamar la atención, que da, sin más. Pero esa fue también la forma en la que se hizo un lugar en el grupo de amigos, para compensar; ¿sigue siendo la que preparaba bizcochos para el grupo de estudios porque la preocupaba no haber entendido bien la teoría? ¿Y si nunca les cayó bien a los demás, y se limitaban a tolerar su presencia? ¿Y si su amabilidad les resulta aburrida? ¿Es una persona banal?

¿Qué queda en su vida de la persona que fue? ¿Qué queda cuando no está pensando en satisfacer las necesidades de los demás? No le cuesta nada convencerse de que el trabajo, los niños, la familia colman su vida privada, pero, siendo sinceros: ¿ha sido alguna vez la protagonista de su vida?

¿Acaso abrir las puertas de su casa no podría ser también una aventura? Hacer sitio para un montón de amigos, ahora que ya están pasando los años más duros de la crianza y podrían volver a verse más. ¿No es suficiente con tener una mesa enorme de Stilleben, unos amigos estupendos, polifacéticos y complejos? Puede hacerles sitio, puede abrazarlos, quererlos, puede activar los interruptores inteligentes que ha instalado Adam para que las luces parezcan lámparas de gas y proporcionen una atmósfera íntima y acogedora; se ve plantada en medio del grupo con un cucharón de servir, como el nodo que los conecta a todos sin que ellos se den cuenta mientras una atmósfera de calidez los envuelve y hace que se relajen, que pidan repetir, que quieran tomarse otra copa.

117

Y, si no es ella quien se encarga de mantener esa conexión, nadie más lo hará, los demás no son así, no se les ocurre ir a recoger flores de saúco. Si no fuera por ella, nunca se organizarían para verse. Si ella solo pensara en sí misma, no se verían nunca.

Pero ¿en qué emplearía ella su tiempo libre si no tuviera que estar cuidando las relaciones de todos? Podría intentarlo, podría decir: «Os toca a vosotros, amigos». Podría delegar.

Podría pedirle a Adam, no, podría mandarle a Adam que estuviera más por los niños, que no tuviera que ser siempre ella. A saber cómo está, es la primera vez que pasa tanto tiempo con sus amigos. Aparta el pensamiento de su mente. Es un adulto y tiene que hacerse responsable de sí mismo, ya se apañará. Con quien más habla es con Karen, de repente tiene muchísimas cosas que contar de su trabajo, tiene unas anécdotas graciosísimas. Es tan evidente como conmovedor que Karen debe de recordarle a su madre, tan distante, tan intelectual; en realidad a quien quiere impresionar es a esa madre de hielo que tiene.

¿Y si Adam la eligió a ella porque es todo lo contrario, porque es cálida, fácil, porque no lo intimida? ¿La toma en serio? Una vez hablaron sobre perspectivas de futuro en casa, él se interesó por su opinión, pero cuando una pareja lleva junta mucho tiempo algo cambia en las conversaciones, el mundo se encoge, el marco de referencia se reduce, se acaba hablando de quién va a ir a recoger a los niños, de lo pesados que son los amigos del otro, ambos creen saber lo que va a decir el otro.

Las noches anteriores ha oído ruidos procedentes de las otras habitaciones, orgasmos amortiguados, y la sorprendió lo mucho que se prolongaban, la sucesión de sonidos que prendió su deseo mientras Adam roncaba a su lado.

El cesto ya casi está lleno hasta los topes.

Necesita follar urgentemente.

Haya se deja caer en la estera de Sylvia, que está tumbada con los ojos cerrados. ¿Duerme o está ensimismada? Esben está sentado algo más allá escribiendo lo que sin duda será otro rollo de libro. Haya ha intentado leer los libros de Esben, pero ¿acaso no son un aburrimiento? Sospecha que los demás fingen que les dicen algo por pura cortesía.

Adam se acerca también, se detiene bajo la sombrilla, se acerca a Esben para leer por encima del hombro lo que escribe sin el menor pudor. No es grosero, pero constata, sin pelos en la lengua:

—Tienes una letra horrorosa.

—Ah, ¿sí? —Esben parece más divertido que ofendido.

Haya pone la oreja. Adam es un bruto, pero disfruta de la tensión al oír cómo continúa, cómo tira a matar, cómo se regodea en el insulto en un tono que da a entender que lo hace por amistad.

—Escribes igual que habla Sejr. Gry y yo conseguimos entenderlo, pero somos los únicos.

Le pone a Esben una mano en el hombro con un paternalismo exagerado.

—No sé, tendrías que ponerle remedio.

Habla en un tono directo, de hombre a hombre, como si Adam se viera obligado a señalárselo, a llamarle la atención sobre un error para que lo enmiende y, al mismo tiempo, es un comentario gracioso, irreverente, y no un conflicto que vaya a ir a mayores.

Haya se instala en la estera y entorna los ojos para protegerlos del sol. Le alegra darse cuenta de que Adam es así: sus pullitas son para todos, no lo hace por hostilidad, es su forma de ser y punto. Y eso tal vez signifique que el problema no es tan grande como creía.

Esben encaja la reprimenda, mira a Adam con benevolencia, con los ojos entornados, como preguntando: ¿has terminado?

Lleva un chaleco fino de punto que le deja los brazos desnudos y que tiene unas sisas muy anchas que dejan ver su torso, y Haya toma nota del look, tan sencillo como eficaz y tan típico de Esben, tan sutil. Qué reservado es. Nunca se revela del todo. Haya siempre ha pensado que tiene algo de tacañería, eso de ocultar sus pensamientos, su carisma, reservarlo para sus libros, como si fuera más importante tener algo profundo que contar a todo el mundo que a sus allegados. Además, cuesta sentirse allegado de Esben.

Todos adoptan un aire de devoción alrededor de Esben, de su seriedad, de sus libros, cosa que no hace sino volverlo todavía más Hamlet, el príncipe distante con sus dosis moderadas de locura. Adam, sin embargo, se comporta con él igual que con todos sus amigos, no hace falta que todo sea tan complicado. Seguro que es un alivio para los dos.

Adam, sin embargo, no ha terminado. Pasa la mano por el tríceps de Esben y se hace el impresionado.

—Vaya, ¿ahora también entrenas? Karen es una suertuda.

Sylvia abre los ojos. Cruza una mirada con Haya para confirmar que los dos han visto y oído lo mismo. Alzan los ojos al cielo como preguntándose: «¿por qué son tan arrogantes?» y también: «¿por qué nos hemos puesto cachondos?».

—No sabía que hacían esas cosas, que eran capaces —dice Sylvia en voz baja, y Haya entiende a qué se refiere. Es una sensación fabulosa descubrir que los hombres heterosexuales también flirtean entre ellos, aunque sea en plan irónico. ¿Por qué no señalarse la mala letra y comentar los músculos del otro, así, de broma?

No es otra cosa que una amistad masculina de lo más natural.

Es un privilegio. ¿Acaso Haya y Sylvia se han sentido de lo más naturales alguna vez? Han convertido en su personalidad el estar en tensión, el pensarlo todo siempre dos veces.

—Ya te digo que son capaces. Es una locura, lo que ha pasado. Ahí tienes a mis alumnos de veintitantos, tipos que van con collares de perlas y pendientes maxi, que son cariñosísimos entre ellos, supertiernos y abiertos y afectuosos. Y hetero a tope. No lo entiendo, me hace sentir anciano, es terrible.

—A mí también me da asco no haber nacido diez años después —dice Sylvia—. Cuando éramos niños lo normal era la homofobia, y ahora reina la tolerancia pansexual. Si fuera joven ahora, habría aprovechado mucho más, es injusto.

—Basta con que decidas que eres diez años más joven, como hago yo —dice Haya, aunque entiende perfectamente lo que Sylvia quiere decir: los dos tienen un estrés crónico almacenado en el cuerpo. Se supone que tienen que estar a gusto con sus cuerpos, lucirlos con orgullo, ser el amigo insolente, el compinche liberado.

Nunca tuvo claro si sus amigas hetero o sus compañeras flirteaban con él o eran solo cariñosas, como lo son todas las chicas con estudios superiores. Antes era muy tímido y se pasó al otro extremo; no le cuesta nada pegar la hebra con quien sea, bailar, besarse, follar. Decidió de una vez por todas que sería derrochador, que sería generoso consigo mismo, y el mundo lo recibió con los brazos abiertos.

Pero Sylvia... ay, Sylvia. Su relación ha sido siempre totalmente platónica en todas las fases que ha atravesado su cuerpo. Los dos se relacionan de forma amanerada y algo fantasiosa, es perfectamente consciente de ello, pero, paradójicamente, se hacen sentir el uno a la otra más reales que ninguna otra persona. Cuando están juntos son como gatitos, y ella puede hacerle cosquillas en el cuello como está haciendo ahora mismo sin que signifique nada más que «eres mi amigo». «Eres mi queridísimo amigo». Si se hubieran enamorado les hubiera sido todo muy fácil, pero son como dos baterías con la misma carga: cero tensión entre ellos. Es un alivio para ambos, porque su percepción normal del mundo es una fricción constante.

Cuando levanta la mirada se encuentra con que Esben y Adam —¡angelito!— han empezado a patear un balón, a jugar al fútbol, perezosos, ágiles, y de verdad que la forma tan natural en que los hombres manejan el balón le parece la prueba de fuego total. Él nunca ha jugado, Dios, no. Ni siquiera de niño, nunca fue una «marimacho». Sí que recuerda una vez, en la universidad, un otoño en que Esben había empezado a jugar al fútbol y fueron todos a un partido para mostrarle su apoyo en plan irónico desde la banda bajo una fina llovizna mientras anochecía y los potentes focos convertían el campo en un escenario. Haya recuerda el partido como un ritual intricado, los uniformes de colorines, las medias manchadas de barro, los mechones de pelo sudorosos pegados a la frente, mensajes breves, gritos, aunque nadie gritaba «¡Perdón!» cuando hacía una falta. Comunicación eficaz y militar en código. ¿Y qué demonios es un fuera de juego? Haya se acuerda de que Esben era nuevo y llevaba una camiseta interior porque aún no tenía la reglamentaria, que lo dio todo para compensar, lleno de energía nerviosa, se puso incandescente en la penumbra del anochecer. Recuerda que en el medio tiempo el calor le salía del cuerpo en forma de vapor bajo la llovizna, cuando los jugadores se pusieron en corro para hablar de táctica mientras recuperaban el aliento. Esben debía de haber tomado frío, porque un compañero más veterano del equipo se quitó el jersey sin decir nada y se lo echó sobre los hombros, donde mantuvo las manos durante un instante para transmitirle mejor el calor, desde la altura de la cabeza que le sacaba. El recuerdo arde dentro de Haya; ese gesto afectuoso, ponerle las manos en los hombros como un hermano mayor... ¿está permitido? ¿Les está permitido a los futbolistas? ¿Deben de hacerse responsables de un compañero que pasa frío?

¿Se puso celoso entonces? ¿Lo está ahora? ¿De qué? ¿De los chicos que juegan al fútbol? ¿De ese topicazo? Sí, pero más concretamente: de encontrar la rendija de entrada a una comunidad cuyos miembros se cuidan, donde se puede ser un debutante prometedor bajo la protección de una figura paternal.

Para él siempre ha sido un territorio tentador, aterrador e inexplorado: la forma en la que los hombres se comportan cuando están solo en presencia de otros hombres.

¿Son más brutos, más tiernos? Soñaba y tenía pesadillas con los vestuarios. Con su olor, el ruido. Se sentía como un científico que ardía en deseos de observar las partículas cuánticas, pero perturbaba su estado natural con su mera presencia con su anhelo de experimentar un espacio puramente masculino y puntuarlo con su propio cuerpo. Pero ¿y ahora? ¿Debería aprender a entregarse a una actividad relajada, aprender a darle patadas al balón, a hacer malabares, si es que eso aún se hace, a olvidarse de la socialización de toda una vida?

Sylvia interrumpe sus pensamientos.

—A ver, ¿por qué crees que nos parece excitante que flirteen?

—¿Quizá nos parece exótico y sexi como las lesbianas desde la mirada hetero masculina? —Haya se lo piensa detenidamente—. Quizás es por el factor sorpresa al descubrir que ocultan algo más de lo que creíamos. Las personas *queer* tendemos a infravalorar un poco a los heteros, damos por hecho que se cortan más y que son más conservadores y aburridos de lo que son en realidad. Tendemos a prejuzgar, a volvernos un poco escépticos como resultado de pasarnos toda una vida sintiéndonos diferentes, excesivos. Y entonces pensamos: al menos tenemos la exclusiva de ser exagerados, de ser escandalosos. Y nos asombra más que a ellos mismos que los hombres hetero se toquen los brazos.

—Quizá también haya algo de tristeza indignada porque antes la ternura era patrimonio de las mujeres y de las personas *queer* y ahora los hombres también están aprendiendo a compartir su vida interior y, la verdad, me alegro muchísimo, pero ahora ¿cómo vamos a sentirnos superiores? —dice Sylvia, solo medio en broma.

Lo que Sylvia piensa es: «Qué suerte que se toquen los brazos, qué valiente si eso significa que algo se abre, que se vuelve más fluido, que todos podemos flirtear con todos».

Lo que Haya piensa es: «¿Yo podría contar los mismos chistes, entrar en ese círculo? ¿Me sentiría bien? ¿Me sentiría uno más?».

Lo que Sylvia piensa es: «Igual todos tendríamos que flirtear con todos. Pero flirtear a secas no significa nada, no cuenta de verdad».

Resopla en un gesto de desdén mientras siguen hablando mal de Esben y de Adam con mucho cariño.

—Tienen los pies bien puestos sobre los sólidos cimientos de la heteromasculinidad. Lo paradójico es que eso los vuelve más flexibles, así que pueden permitirse todo lo que quieran.

Haya asiente. Bosteza exageradamente y deja que sus críticas hagan equilibrio entre la admiración y la burla.

—Los hombres hetero, en realidad, son uno de los colectivos más flexibles y sexualmente desprejuiciados, se permiten extralimitarse, se hacen mamadas entre ellos y sigue siendo todo en plan amigos, eso no los hace menos hetero. A nuestras discotecas siempre llegan grupos de hombres de esos, ya sabes, grupos de amigos que salen a desfasarse después de varios años tranquilitos en casa, que se han drogado un poco como en los viejos tiempos y salen a ver qué pasa y se sienten desinhibidos y curiosos, y siempre hay uno un poco más valiente, uno que se pone a bailar con algún tipo y a la que te das cuenta se está morreando con él como si le fuera la vida en ello.

—Seguro que eso ni siquiera cuenta como infidelidad —dice Sylvia con un suspiro.

125

Los dos se permiten compartir su mundo interior por un momento: futbolistas abrazados por un lado y, por el otro, ¿dónde pasan las cosas entre amigos, entre los juncos, a la orilla del agua? ¿Hasta dónde llegarían? Haya se alegra de poder hablar de todo con Sylvia, de poder confesarse medio en broma, medio en serio. Al mismo tiempo, sus palabras tienen un poso de amargura, como si lo que comparten entre susurros confirmara que están un poco en los márgenes. Demasiado hambrientos, demasiado atentos, observando como depredadores débiles pero astutos la sexualidad sana y despreocupada que Adam ni Esben apenas son conscientes de estar exhibiendo. Haya vuelve a sentirse viejo y piensa que, si fueran jóvenes de verdad, se dejarían de complejos con la heteronormatividad.

—¿Por qué somos tan asquerosos? —pregunta.

Sylvia responde con ánimo de consolarlo:

—No lo somos, es solo que es más fácil corrompernos moralmente. Es una orgullosa tradición *queer* que todos esos pobres veinteañeros liberados se van a perder.

Se quedan un rato sin decir nada.

—Ven —dice Sylvia de repente, y tira de Haya para que se levante. Espera hasta que se encuentran a una distancia prudencial de la casa—. Tengo que contarte una cosa.

—¿El qué?

—Estoy un poco histérica porque... quiero a Charlie, pero es complicado. Es tan buena y razonable... que a veces me asfixia. Y me siento culpable por sentirme así.

Haya le agarra la mano mientras siguen andando.

—Ya lo sé —le dice en tono suave.

—Ya, pero es que pasa una cosa que le da a todo una dimensión grotesca. A ver, ahora cállate, no grites. Te diré lo que pasa: creo que estoy enamorada de Esben desde siempre.

Haya se cubre la boca con ambas manos y gime bajo la mordaza porque está asombrado, entusiasmado: ¡un escándalo de verdad!

—Siempre he estado enamorada de él y esperaba que se me pasara, pero es que no quiero que se me pase. Y ahora va a casarse y no sé lo que voy a hacer.

—Ay, Dios mío. Necesito un momentito. Ay, vale, pobrecita. Pero también: guau. Un «guau» en plan sincero e impresionado.

Sylvia exhala lentamente y Haya intenta aliviar la situación con una sonrisa.

—¿Lo sabe Charlie?

—No.

—¿Lo sabe Esben?

—No.

—¿Solo lo sé yo?

—¡No hace falta que parezcas tan contento!

—Perdón. Es que es… Madre mía. ¡*La boda de mi mejor amigo*!

—Exacto. ¡Ten un poco de compasión!

—Bueno, ¿y qué vamos a hacer?

—Eso es lo que no sé. ¿Qué harías tú? No te me ofendas, pero tú eres un poco más… de pensar en ti. Ay, no, perdón, no quería hacerte *slutshaming*.

—No, si llevas razón. Pero, si te digo la verdad, a quienes habría que hacer *slutshaming* es a los demás, por no ser lo bastante zorrones. Se puede ser una zorra ética. Tienes que hablar con ellos a ver qué se puede hacer.

—Eso es lo peor, lo de decir las cosas en voz alta. Nunca me sale como me había imaginado. Ni te imaginas lo bien que me preparo, ensayo unos diálogos internos larguísimos, pero cuando hablo con otra persona, siempre me salen con algo que no me esperaba y pierdo el hilo de lo que quería decir. Lo que me gustaría es que... pasara algo. Que me besara, sin más.

—A ver, mi opinión personal es que se debería poder ser infiel con moderación, vivir un poco al límite. Lo que hablábamos hace un momento: nuestra generación está tan atacada por la mala conciencia que creo sinceramente que nos merecemos soltarnos un poco, un poquito de hedonismo, un poco de libertinaje. Además, la infidelidad no es un delito, es... ¿cómo lo llaman ahora? Una falta. No se puede condenar.

—Eso díselo a Charlie —suspira Sylvia.

Haya reflexiona un momento.

—¿Pero no sería mucho mejor hacer las cosas como Dios manda? ¿Y si hablaras con ellos, y si les pareciera bien? ¿Quién sabe? A lo mejor descubres que a Charlie le parece estupendo, a Esben le parece perfecto, y a Karen también. Y entonces os podéis organizar en plan simpático, turnaros para salir por ahí, turnaros para tener orgasmos múltiples, turnaros para tener hijos, turnaros para cuidarlos. No hace falta ser infiel en plan dramático o destructivo, es posible organizarse en relaciones poliamorosas sanísimas, Karen, Esben y tú podríais ser una tríada y Charlie podría tener el rebaño de niños que quiere y un Volvo eléctrico y finanzas compartidas infinitas.

A Sylvia se le ilumina la mirada. ¿En serio sería tan fácil?

Caminan un poco en silencio. Es un alivio poder decirlo en voz alta, contárselo a Haya, poder ser ella misma. Oye los pájaros. Todo le parece correcto y sincero. Siente que se le hincha el corazón y, a la vez, tiene un nudo en el estómago porque ahora es de verdad, ahora que lo ha dicho va a tener que hacer algo.

Gry regresa de la iglesia del bosque con un cesto lleno de flores de saúco y se encuentra a los demás sentados alrededor de la mesa tomándose un café, bebiendo agua, con los cuerpos perezosos tumbados al sol. Haya se ha puesto su pijama de lino a regañadientes, la camisa y el pantalón corto, porque ha llegado un momento en que tenía la piel tan embebida de sol que ha empezado a dolerle.

—Haya y Adam, tendríais que ir vosotros también, porque había muchísimas ramas que yo no alcanzo y sois los más altos —dice Gry.

El orgullo que colma a Haya es muy infantil, una marca de distinción tan antigua como ser elegido por la maestra en clase; la sensación de ser el que alcanza, de ser fuerte, es irresistible.

—¿Vamos? —Adam se despereza y se levanta de un salto y Haya lo sigue sin dudar, intenta no pensar en que acaba de vivir un acontecimiento histórico: el «nosotros» comprendido en ese «vamos» nunca antes había existido. Decide que se mostrará amistoso, neutro, que no hablará mucho si Adam no lo hace, si no tiene un tono que imitar.

Karen los ve marchar y entorna los ojos.

Entonces se cruza de brazos y mira a Gry:

—Yo soy tan alta como Haya.

Haya y Adam llegan a la iglesia del bosque, a la abundancia infinita de flores de saúco, y recogen ramas colmadas de flores y calentadas por el sol estirando bien los brazos. Lo de ponerse a hacer algo en silencio no es ninguna tontería, resuelve Haya, que se prueba la experiencia como si fuera ropa.

—Tenemos que dejar algunas, que no quede todo desnudo para la ceremonia —se le ocurre a Adam.

—Hum —coincide Haya, apenas un gruñido para mostrar su asentimiento, y esa dinámica retraída, ese poner a prueba su capacidad de callarse, le resulta nuevo y excitante.

—Pero tampoco pasa nada si esto no es tan idílico —continúa Adam—. La verdad, estoy un poco hasta el gorro de las bodas de verano, después de haber ido a mil.

Recoge las flores con eficiencia, se expresa en su tono habitual, altivo y preciso, habla más que Haya.

—Celebrar una fiesta del amor con todos tus amigos me parece tan petulante como ir por ahí vendiendo camisetas con tu cara. Ojalá ir a una boda que se torciera a lo bestia. Siempre brilla el sol, todo es idílico y todo el mundo viste de lino en tonos claros.

Haya carraspea, se señala, mostrando un arrepentimiento irónico ante su propio atuendo.

—Ya, bueno, pero si lo llevas tú es distinto, siempre pareces un personaje dirigido por Baz Luhrmann.

Haya sonríe. El dardo ha dado en la diana, pero es un dardo benévolo.

¿Y qué parece Adam?, se pregunta Haya. Un póster propagandístico de la superioridad de la raza aria, del espíritu depredador natural germánico. ¿Cómo puede tener ese aspecto tan brutal, con esa raya al lado tan pulcra que lleva?

Se abstiene de replicar, contento de estar callado y relajado, de que sea Adam el que lleva la voz cantante.

¿De verdad es tan sencillo? ¿Tan fácil sería la amistad con Adam?

—¿No te parece curioso que sea hetero, con las películas que hace? Baz Luhrmann, digo —pregunta Haya.

—¿En serio?

Haya busca imágenes en su teléfono y le enseña una foto de Baz Luhrmann en un estreno, rodeando a su mujer con el brazo.

Adam escruta la pantalla.

—Tiene pinta de follarse a todo lo que se menea. Y su mujer, también.

Haya no dice nada, pero piensa: *Vaya, así que los hombres también cotillean y hablan de los famosos, qué maravilla.* Le da la espalda a Adam para recoger más flores. Los abetos de la iglesia del bosque se alzan, oscuros, por encima de sus cabezas.

—Ahí arriba hay muchas, pero yo no llego.

Adam tampoco llega, no necesita ni intentarlo. Mira a su alrededor.

—¿Y si intentas acercarte la rama?

Haya se agarra al tronco para tirar de una rama hacia abajo, lanzando una lluvia de flores sobre sus cabezas.

—Necesito un poco de ayuda...

Adam le agarra el hombro con una mano, los dos tienen el cuerpo caliente por el sol, apoya su peso en Haya para darse impulso y alcanzar la rama, arranca las umbelas y las deja caer al suelo. Y Haya trata de no pensar en lo natural que es todo, en que se siente como si tuviera acceso a algo, al campo de fútbol, al vestuario, a algo que no conocía; se pregunta si alguna vez llegará a entender cómo Adam, sin pensarlo siquiera, tiene autoridad para permitirle ese acceso. Sabe que algo así no tendría que

131

hacerle ilusión, que tendría que estar por encima de esas cosas, pero es superior a él, no quiere, ¿y qué, si una parte de él desea que la reafirmen, y no solo como se reafirma él solo, con su masculinidad de pavo real, sino como lo haría un hermano mayor, con esa calidez especial en la barriga? Tiene una sensación extraña en las piernas, le tiemblan, quieren aflojarse de alivio, porque tiene que ser una puta broma, imposible que el resto de él siga en pie, se sienta fuerte y bien bajo el sol.

A Sylvia la reconcome la ambivalencia, siente que le va a dar algo mientras empuja el cochecito por el sendero del bosque. Gry les ha pedido a Esben y a ella que den un paseo con Sejr, les ha prometido que se dormiría, pero él no deja de querer caminar, quiere acercarse a los árboles, al agua, aunque el sendero del bosque es sombrío y fangoso. Sylvia tiene ganas de dejarlo suelto, pero Esben insiste en menear el carrito adelante y atrás. Al final Sejr por fin se queda frito en una imagen que de tan idílica resulta ridícula, con su linda mantita de color crema moteada de la luz que se cuela entre los abedules.

Desde fuera se diría que son pareja. Lástima que en el bosque no haya nadie para verlos; desde fuera se parecen a todo lo que Sylvia desprecia. El olor de la resina se le acumula dentro, igual que el deseo que tiene de algo como esto que no sea esto exactamente. Lo quiere a él, quiere el bosque, pero ¿un cochecito? ¿Responsabilidades? Mira de soslayo a Sejr, relajado e indefenso con sus mejillas sonrosadas, los ojitos cerrados, y nota un aguijón de mala conciencia; es fácil burlarse del carrito, una monstruosidad enorme y genérica, pero el niño, ese ejemplar concreto de humano recubierto de un suave lanugo, es un mundo aparte y secreto. Todos los niños se hacen mayores con sus propias virtudes y complejos, se pelean con sus padres, todas las familias nucleares son una obra de teatro de cámara. Se recuerda que los mayores dramas de la literatura están basados en eso, que no es una casita de muñecas banal.

¿Es eso lo que quiere Esben? ¿Con Karen? ¿Quiere todo eso, el drama, la casita de muñecas? Y a ella, ¿se le daría bien? No lo de ser una madre armoniosa y entregada, sino una madre dramática, una madre de Ibsen, compleja y melodramática. Nunca se había parado a pensarlo.

—No te lo tomes a mal, pero no paro de pensar en lo que dijiste de que la vida convencional no deja mucho espacio para nada más.

—¿Eso dije?

—Lo dijiste ayer, durante la cena... dijiste que a ninguno de nosotros nos gusta del todo la vida cuadriculada. ¿Te da miedo que una parte libre de ti se quede encerrada en una vida así? Aquí paseando con un carrito cuando mis amigos se van a casar, me doy cuenta de que yo siento cierta hostilidad, de que me da miedo caer en la trampa de la vida pequeñoburguesa y no poder salir.

Sylvia formula la pregunta con toda la cautela posible para que parezca una conversación espontánea, una duda honesta y solícita, y no como si la pregunta fuera cargada de todo su anhelo. Y él, con el aire reflexivo que lo caracteriza, responde:

—No es que yo quiera una vida convencional como tal. Lo que pasa es que, como te dije, la cotidianeidad colma los días y hay que ser valiente y obstinado para hacer sitio a algo más. A mí lo de tener hijos me cuesta. A mí me gustaría tener algún día, pero ya sabes cómo estoy, por lo que pasó mi madre...

A Sylvia se le olvida escuchar mientras las palabras se le meten dentro como amuletos luminosos: «Tengo que ser valiente, tengo que ser obstinada». Si lo consigue, ¿se irá Esben a vivir con ella? Al ver que no responde, él deja de hablar.

Mientras siguen caminando por el sendero, se esfuerza por plantear toda su ira y su soledad de la forma más educada posible a la vez que lucha con la tarea totalmente nueva para ella de empujar el carrito por encima de raíces prominentes, pero su indignación pronto se convierte en compasión; no debería sentirse herida, sino empatizar con sus amigos, con todas las familias con niños pequeños que lo pasan mal. ¿No ha oído decir a sus amigos que están agotados, que se resignan y dicen que así es la vida, que hay que conformarse? ¿Que se han convencido de que es imposible estar siempre contento?

—Hace un tiempo, mientras me tomaba unos vinos con Gry, acabé preguntándole: «A ver, ¿sois felices? ¿Estáis enamorados?». Y ella me respondió, pragmática, satisfecha, que a lo mejor no están «enamorados» como al principio, pero que son «un muy buen equipo» —dice Sylvia, que suelta el carrito un momento para hacer el gesto de las comillas mientras Esben alarga la mano para agarrar el manillar en un gesto instintivo—, que se les da bien hacer que «funcione» el día a día. —Aquí deja las manos quietas y evita hacer aspavientos—. Y cuando oigo decir esas cosas, Esben, lo único que veo es un inmenso mono impermeable dando vueltas en una secadora gigante.

Si él le responde con una frase compleja y llena de matices, no lo va a soportar, no aguantará sentirse tonta e inmadura. De repente no lo soporta, no soporta su sensatez temperada, su realismo cómodo.

—Yo lo único que veo es un monstruo rumiante eterno que lo devora todo —dice Esben.

—¿Eso no es de *Las penas del joven Werther*?

Esben sonríe, aunque tiene la vista clavada en el bosque, y Sylvia lo ama más que nunca.

¿Cómo es posible que se entiendan tan bien y, sin embargo, vivan en mundos distintos?

¿No será porque Karen y él empezaron muy jóvenes y no han conocido otra cosa?

Una nube oculta el sol. Esben de repente parece un poeta del *Sturm und Drang*. ¿Está atrapado en esa vida apacible y estable por todos los problemas internos que tiene? ¿Necesita a Karen, su fuerza, porque ella es como un faro, una autoridad en la que apoyarse, los cimientos de su mundo?

Los roces de Esben con la locura verdadera también llenan a Sylvia de una peculiar envidia y admiración. Teme que su propia salud mental maltrecha también sea de mala calidad, pero de una clase menos interesante de mala calidad. Una pizca de ansiedad, periodos depresivos, pequeñas explosiones de inferioridad. Ataques de llanto en los que se contempla desde fuera y, a pesar de estar sola en su piso, piensa con amargura: *¿No lo estarás haciendo para hacerte la interesante?* Claro que es frágil, pero ¿qué humanista del montón no lo es? La locura real, la de verdad, no consiste en pensar que los árboles y los gorriones te hablan. Es una fuerza con la que Esben no pidió nacer, pero que ha encontrado una forma de canalizar, de mostrar al mundo de manera controlada. Está más loco que ella, pero también controla más, es insoportable. Luego se corrige; llamarlo «locura» es obsoleto, por no hablar de políticamente incorrecto y estigmatizante. Además, es un tópico, el mito artístico romántico según el cual el genio creativo está vinculado a una inspiración especial tan divina como patológica. Esben, sin embargo, es divino.

Karen y Esben son los dos del tipo artístico intelectual, bien podrían formar parte del círculo Bloomsbury y darle vueltas a lo del amor libre, ser el tipo de personas que aceptan estas cosas. No son la encarnación de la familia nuclear anodina, como Adam y Gry; a lo mejor podrían encontrar otra forma de vivir, ¿verdad que sí?

Por el amor de Dios, ¡si Esben es escritor! ¿No deberían ser capaces de imaginar una vida más libre?

Aborda el tema de forma oblicua.

—¿Te puedo preguntar otra cosa?

—Faltaría más.

—¿Cómo…? Cuando escribes… ¿Cómo lo haces para escribir así? ¿Te sale todo de golpe, sin más, o es más en plan tener un trabajo de oficina?

Él le dirige una mirada amable, malinterpreta su interés.

—¿Estás escribiendo algo?

No está escribiendo nada de nada. Lo ha intentado, varios proyectos, varios cuadernos de los caros, y lo que le sale es vergonzante, sobreexcitado, incómodo, ensimismado. Las únicas cosas que le interesa hacer son aquellas que ya se le dan bien.

Por otro lado… ¿le gustaría más a Esben si escribiera? ¿Si fuera valiente y ambiciosa?

—Sí. Bueno, lo pruebo, pero cuesta. Es duro cuando escribes algo y no te parece bueno.

Una respiración, el tic discreto que le palpita bajo un ojo.

—Mmm. Tal vez te ayude pensar que todo lo bueno empieza siendo malo. Aunque sea una humillación total. La vanidad nos afecta a todos. —Le dedica una mirada de comprensión, como si fuera un defecto que tienen en común, y continúa—: ¿Y si le das la vuelta y le encuentras la excitación a la humillación? Al ser vulnerable, exponerse escribiendo algo tentativo y sincero que escapa a tu control. ¿Crees que podrías verlo así, o es algo que se te escapa?

Ella asiente mientras se pregunta si él se habrá dado cuenta de que se ha ruborizado. *Si tú supieras...*

Trata de no hacer caso, se consuela contemplando el modo en que las sombras de las hojas de los árboles se proyectan sobre Esben, le resaltan los pómulos, el modo en que la escenografía del bosque conspira con ella para volverlo más dramático incluso si él no tiene ninguna intención de parecerlo. Él lo que quiere es pasar inadvertido. *Pero para tu gran suerte, naciste con un drama con el que yo solo puedo soñar*, piensa ella con ternura.

Si lo piensa bien, siempre ha tenido tendencia a enamoriscarse de sus amigos (y de sus enemigos también) desde que era niña, aunque durante mucho tiempo nunca hizo nada al respecto, porque enamorarse de sus amigas y de los hermanos mayores de estas viviendo en un pueblo era una sentencia de muerte, aunque eso no impedía que sus sentimientos se dispararan. En el instituto todo se volvió más sencillo, la adolescencia se le hizo más fácil que la veintena, las emociones eran más puras, hormonales, una excitación sencilla en ebullición que daba ganas de restregarse contra cualquiera y que todos llevaban dentro y, además, iban todos borrachos constantemente. En la universidad ese anhelo se vio doblegado por algo más de disciplina, de abstracción, de soñar despierto con cualquiera que pudiera ser la persona adecuada, la que traería la redención. Pero entonces conoció a Esben, que era la persona adecuada, pero nunca pasó nada entre ellos, y entonces conoció a Charlie, tan buena y firme, que la cuida, que le da todo lo que le pide el cuerpo, pero ¿qué pasa en su cabeza? No se aclara. Su pasión adolescente se ha fusionado con las ensoñaciones y preocupaciones de la vida adulta, porque cuando una es muy desinhibida acaba aprendiendo a inhibirse mucho, a ocultar sus deseos, a cambio de que todos esos escondites se vuelvan incandescentes de erotismo y, como resultado, ahora tiene incendios que apagar y hogueras en las que calentarse por todas partes.

Estudia los hombros de Esben, su pelo, su chaleco blanco sencillo, los brazos desnudos (no se viste como un poeta romántico y ella lo respeta, aunque la fastidie sobremanera), le mira las manos, tiene las cutículas enrojecidas en los puntos en los que se arranca padrastros, aunque intenta no hacerlo y, al mismo tiempo, piensa: «quiero que te pases la tarde entera leyéndome en voz alta», y: «¿no podrías estrangularme un poco con esos deditos rosados de pianista?».

¿Es eso lo que quiere?

Siendo totalmente sincera, ni siquiera es capaz de imaginar cómo iría la cosa si se acostara con él. Lleva tanto tiempo pensando en Esben que se ha convertido en un símbolo del anhelo, su enamoramiento no se ha oxidado, pero empieza a difuminarse, a convertirse en algo abstracto. Quiere acostarse con diez años de sublimación acumulada; ahí es nada.

Han arrastrado bancos y colocado sillas, han sudado, se han bañado, se han secado al sol, se han vuelto a bañar, han hablado de cómo va a transcurrir la boda: una pequeña excursión hasta el claro de la iglesia del bosque y luego regresar a la casa, será celestial; se quedan adormilados por la tarde y se espabilan cuando Gry sugiere una partida de *kubb*, como en los viejos tiempos, mientras se toman una cerveza.

Adam y Charlie van en el mismo equipo y están tan sobrecualificados que no les cuesta nada hacer morder el polvo a los demás, hasta da risa lo superiores que son, la puntería, la inteligencia corporal en la que se regodean con lanzamientos lentos y atinados, que derriban un bloque, que los derriban todos uno tras otro. Es imposible que no se vengan arriba con su victoria.

—¿Por qué no intentáis tirar como si no fuerais licenciados en teoría de la literatura?

En el equipo contrario, Gry y Haya lo están pasando divinamente, se tronchan de risa ante sus propios lanzamientos torpes, mientras Karen se pone cada vez más nerviosa, se burla de ellos. Es evidente que odia perder.

—¡Por favor! —sisea, cuando Gry vuelve a fallar un tiro.

Haya la mira con aire interrogativo.

—Karen, dame la mano.

Ella frunce el ceño, como si no pudiera creer que él piense que necesita que la tranquilicen y la consuelen.

—¿Por qué?

Ante su negativa, Haya le agarra la mano a Gry.

—¿No se te hace... incómodo?

—¡Sí! No te lo tomes a mal, pero me siento rarísima. ¿Cómo puede ser? —responde Gry.

—¿Os podéis centrar un poco? —pregunta Karen.

—No, ahora prueba tú, Karen —dice Gry.

—Bueno, vale —dice Karen, y alarga la mano con gesto indiferente mientras Charlie hace caer otro bloque de madera con un ruido seco y cálido.

Haya agarra a Karen de la mano de tal modo que la suya quede delante y a ella el dorso le apunte hacia atrás.

—¿Qué sientes?

—Muy rara, como si me estuvieras retorciendo la mano.

Entonces las suelta, se sopla en las manos como si fuera a hacer un truco de magia y vuelve a agarrarlas.

—Pero ahora ya no es raro, ¿verdad?

—¡Sí! ¡Ahora es agradable! ¿Qué ha pasado? —pregunta Gry.

—He girado las manos para que encajen mejor con vuestro agarre natural, según si es supino o prono.

—¿Eso sirve para lanzar mejor? —pregunta Karen.

—No, es un test muy simplificado de activo/pasivo. —Ante la mirada de incomprensión de Gry, añade—: Es una especie de... test de personalidad para saber quién tiene tendencia a llevar o a dejarse llevar, que permite ver el equilibrio de una relación en cómo se coloca la mano. Cuando agarramos a un niño de la mano, la tendencia natural es poner la mano delante, puesto que somos nosotros quienes guiamos.

Gry lo intenta: pone la mano como si tuviera agarrados a Vera o a Sejr y descubre que es verdad. Haya les suelta las manos y continúa:

—La mayoría de los hombres les agarran la mano a sus novias de la misma manera, no sé si os habíais fijado. Pero, cuando se trata de dos mujeres o dos hombres... o dos personas que están por encima de categorías anticuadas... es una forma muy fácil de ver quién es más dominante o más blando. Agarraos vosotras de la mano.

Obedecen. Con total naturalidad Gry gira el dorso hacia atrás y Karen, hacia delante.

—¿Lo veis? Sois una pareja de lo más armónica —dice Haya, y continúa—: No es una ciencia exacta, pero ahora mismo apostaría que también nos permite averiguar quién va loco por ganar cualquier juego y quién sabe perder sin convertirse en un llorica.

Karen resopla, aunque parece más contenta.

—¿Y tú cómo lo haces?

—Yo, de todas las maneras —dice Haya a media voz con un encogimiento de hombros. Regresan al juego y le da igual perder, porque se siente el rey del mundo.

Sylvia y Esben regresan y se sientan en una esterilla, algo alejados. Al presenciar la explicación sobre la colocación de las manos, Esben le ofrece la mano a Sylvia con la palma hacia arriba y los dedos extendidos, y ella entrelaza los suyos, las yemas de él reposan sobre los nudillos de Sylvia, con aquellas uñas rosadas. Conoce perfectamente la teoría de Haya y se anima al ver que, ¡ja!, Esben y ella tienen una dinámica totalmente igualitaria. Los demás se ponen a jugar de nuevo y Esben y Sylvia se sueltan las manos para aplaudir y animar, se estiran al sol.

Poco a poco se van apagando. Su reposo bajo el sol se convierte en una siesta, Esben se queda dormido junto a ella, tumbado de lado, con la barba mal afeitada contra el turquesa con estampado de flores de hibisco de la esterilla, y ella se ve ahí, turbada pero feliz mientras escruta su respiración pesada. Se tumba a su lado. Esto es perfectamente legal, es algo inocente y, si permanece despierta, va a enloquecer de tanto percibirlo. Su piel, con ese subtono amelocotonado que ella tan bien conoce; es exactamente del color de un melocotón, pero la gente se olvida de apreciar ese milagro, ese tono que ocupa el espacio entre el rosa y el naranja, entre el oro y el rubor.

Se deja arrastrar al sueño, cierra los ojos para protegerse de la claridad, pero los rayos de sol en los párpados no la molestan, es un calor también amelocotonado, como cuando, de niña, se dormía en el asiento trasero del coche con la cabeza apoyada en el cristal de la ventanilla. El sueño le afloja la precaución y se arrima más a él, encuentra un sitio junto a su piel calentada por el sol. Entonces nota una presión bajo su fino pantalón de deporte, nota que se le despierta la polla, que se pone dura bajo la tela. El resol y la modorra le llenan los ojos de lágrimas, ese sueño de melocotón confirma que ese deseo vive en otro sitio además de en su cuerpo. Ver que algo en él reacciona le parece un milagro. Está pasando de verdad, no son solo suspiros en las profundidades de una ensoñación.

Entonces llega una oleada de culpabilidad. No puede hacerlo, él está dormido. Vuelve en sí, se pone bocabajo, aprieta la frente contra la estera.

Se levanta, amodorrada. Se siente descompuesta y malhumorada. Los demás se han metido en el agua o en la casa, el jardín ha quedado desierto. Se encierra en su habitación, donde el aire y la cama permanecen frescos. Se le hace raro estar ahí sin Charlie, su deseo tiene algo de indefenso, ¿cómo puede cuidarse? Se tumba en la cama. Se chupa los dedos, los aprieta contra los labios, contra la lengua. Intenta masturbarse y se obliga a pensar en Charlie, en sus manos, siempre tan eficaces, pero no funciona, se siente demasiado culpable, con una vergüenza que se suma al aire fresco de la habitación. Trata de evocar el color melocotón, el calor, el rubor en su interior, trata de pensar en lo que habría pasado si Esben la hubiera tocado, si se hubieran tumbado entre la hierba crecida, bajo los destellos de los abedules, si siempre hubiera sido ella, si él la mirara con hambre; pero ahora es incapaz de decidirse. Con compromiso o sin él, siente que está cometiendo un crimen, aunque sea solo imaginario. Sus dedos cubiertos de saliva se deslizan sobre su clítoris, pero es incapaz de soltarse, de ahuyentar la sensación de fracaso, de estar en el nudo de una versión fallida y autoerótica de *Los tres eternos*, de Tove Ditlevsen.

Ahí tumbada es muy consciente de la soledad, de la frialdad, se le van las ganas. Entonces decide entregarse a la soledad, erotizarla en lugar de seguir pensando en Esben o en Charlie. Se levanta y se apoya en la pared. Piensa en sí misma. Está hecha un lío, confundida. ¿Y si fuera fiel a esa confusión, y si fuera fuerte a pesar de ella? Si se atreviera a estar sola… llegaría un momento, dentro de diez años, de veinte, en el que habría madurado y se habría convertido en una persona libre y feliz, regulada, estable y valiente, profundamente implicada en su vida. Sus manos siguen construyendo el relato, ahora le sale sin esfuerzo, las imágenes se suceden: viaja, escribe, es honesta, íntegra, es suficiente, lleva con dignidad la edad, el caos, y de repente está mojada, crece en su interior, su cuerpo se inclina hacia delante, se endereza, se le tensan los músculos del abdomen, la respiración le sacude todo el cuerpo, es algo muy abstracto, pero le resulta irresistible imaginárselo: llegar a una edad en la que pueda superar toda la culpa, las dudas que la atormentan ahora, llegar a la mediana edad y ser dueña de sí misma; solo de pensar en el alivio que sentiría se siente más liviana, nunca ha intentado correrse así, de pie, siente como si algo en su interior, en el diafragma, se hiciera pedazos. Cae de rodillas, se imagina algo mayor, más serena, digna, como si flotara.

Se levanta y se tumba en la cama. Siente un orgullo peculiar. Correrse sola, ser la protagonista, le parece algo muy auténtico. Pero ¿a qué le ha recordado su fantasía? Adormilada, le viene el recuerdo absurdo de ver la televisión una tarde en el salón de la casa en la que se crio, cae en que el marco de su fantasía es una escena de *Sensación de vivir*.

En el capítulo le dan un ultimátum a Kelly Taylor: tiene que elegir entre Dylan McKay y Brandon Walsh, sus dos pretendientes. Lo han decidido ellos. Los tres personajes se dan cita en una calle tranquila, solos, por fin, tras un periodo de reflexión de algunos días, hasta que se encuentran, con los ojos entornados para protegerlos del intenso sol californiano, con Brandon y Dylan delante de Kelly como forajidos que se enfrentan en un duelo en un wéstern. ¿A quién elegirá? El milagro es que Kelly dice: *I choose me*, se da la vuelta y se va. A pesar de que los quiere a

144

los dos. Fue la primera vez que Sylvia sintió respeto por Kelly Taylor.

Pero entonces Sylvia se pregunta: ¿Y si Kelly Taylor hubiera ido más lejos y hubiera dicho: «Os elijo a los dos, nos elijo a los tres»? Si aquellos adolescentes míticos hubieran estrechado lazos y el sol hubiera difuminado sus límites, si Brandon y Dylan hubieran contemplado la camiseta remangada, el pelazo, los ojos tiernos del otro, y hubieran visto no a un rival, sino un oasis, un lugar en el que satisfacer sus anhelos.

Imposible contar la de triángulos amorosos en la ficción y en la realidad que podrían resolverse con un poquito de flexibilidad.

Y, sin embargo, nunca pasa. No sabe cómo hacer realidad el espejismo californiano. Le gustaría elegirse a sí misma, pero también le gustaría tenerlo todo, a Esben, a Charlie. Respirar tranquila, alianzas matrimoniales, convertirse en una corriente de agua que se bifurca, tomarse en serio la dualidad que vive en su interior. Siempre ha sentido la necesidad de rebelarse, siempre ha tenido ansia de libertad, pero nunca ha tenido determinación suficiente, no ha sabido orientarse, sino que siempre ha visto demasiadas direcciones posibles.

¿No puedo quererlos a los dos? Yo sé compartir, ¿serían ellos capaces?

Empieza a creer que lo de la determinación también es una trampa, que es una falacia que una persona, un elegido, pueda ser suficiente, que sea la persona adecuada. Nunca se ha atrevido a dejar a Charlie, lo único que ha conseguido es llegar a un tira y afloja consigo misma. Tampoco se ha atrevido nunca a decirle a Esben que lo ama, quizá sea eso lo que tiene que decir: «Os quiero a los dos, y también me elijo a mí». ¿Puede permitirse ser tan utópica como para ir en varias direcciones a la vez?

La idea de irse a vivir con Charlie se le hace claustrofóbica, igual que pensar en vivir con Esben, con sus libros de silencios reconcentrados. Pensar en vivir con quien sea se le hace claustrofóbico. Ella está hecha, ante todo, para vivir en lo alto de un torreón, como una Rapunzel guarrilla que suelta la trenza para invitar a subir a una variedad de príncipes y princesas. Esben es una novela realista, igual que Charlie; todos son una novela realista, mientras que ella es un cuento de hadas. ¿Por qué es siempre ella la que tiene que adaptarse a las expectativas limitadas de la existencia de los demás?

Oye un eco de sentido común, un superego que salmodia:

No se puede tener todo.

Agarra fuerte las sábanas un momento. Entonces relaja los dedos.

Pues yo a lo mejor sí, joder.

Y se duerme, y sueña.

Gry ha preparado unos cócteles y los lleva a la mesa mientras Adam prepara la cena en la cocina. Porto blanco, tónica. *No nos la merecemos*, piensa Haya, que vacía el vaso demasiado rápido. Gry le pregunta si quiere otro.

—¡Si quiero…! Ya voy yo a buscarlo. Por favor, no te levantes. —Se pone de pie, le pone las manos en los hombros y hace un poco de presión para que se siente. Se queda de pie frente a ella sin mover las manos, la mira a los ojos. ¿Ella quiere algo? Gry niega con la cabeza y le sonríe mientras se deja caer en la butaca.

—Claro que quieres algo. Tú espérate aquí.

Gry le agarra las manos.

—¿Puedes ir a ver si Adam necesita que le echen una mano con la cena?

Haya se pone en cuclillas y susurra:

—¿Cómo se le pregunta a Adam si necesita ayuda?

—Se le pregunta sin más —responde ella con una sonrisa.

Él entra en la cocina con aire relajado, va un poco pedo porque ha estado bebiendo al sol con el estómago vacío, está ebrio de estar contento y a gusto. No se encuentra muy bien, pero quiere prepararle una copa a Gry. Se ha quitado la camisa del pijama ahora que el sol ya no pica. La oscuridad lo avasalla cuando entra en la casa. Titubea un poco en el quicio de la puerta de la cocina, se apoya en el ancho marco blanco. El murmullo de las conversaciones y el tintineo de los vasos entran por la ventana. Adam está frente a los fogones, remueve un cazo. La cocina está atestada de cacharros, hay una cazuela sucia tirada en el fregadero. Adam vierte caldo con yemas de huevo en una cazuela y remueve con concentración. Salpica la mezcla sobre los fogones. Agarra otro cazo, vierte mantequilla dentro muy despacio, un hilo muy fino, mientras remueve a más velocidad. A fuego alto. Haya estira el cuello para ver qué se lleva entre manos, se muerde las mejillas, no se ríe cuando la mezcla se corta, lenta pero segura. Adam arroja la cazuela al fregadero.

Cuando hace crujir la madera del marco de la puerta, Haya se apresura a entrar, enarbola los vasos como para justificar su presencia y se acerca a la nevera.

—¿Estará pronto la cena? —pregunta mientras llena los vasos de oporto, y se da cuenta de inmediato de que ha metido la pata.

—No, aún no está.

Adam parece tranquilo, contenido, pero también está furioso. ¿Es la cólera la única emoción que los hombres se permiten mostrar? Si Haya se enfadara, lo ocultaría. Se pregunta si es algo que debería trabajar, para aprender a manifestar su irritación abiertamente. ¿Le resultaría liberador? ¿O no haría otra cosa que obligar a todos los que lo rodean a andarse con cuidado?

Los hombres cishetero y su complejo de masterchef, ¡ya podrían hacer el favor de relajarse!

Resopla y siente el aire fresco de la nevera en la cara. Entonces se regaña: él también haría bien en relajarse un poco, dejar de dar vueltas a todo, dejar de convertirlo todo en una pregunta acerca de la masculinidad y recordar que Adam es su amigo. Encuentra una lima y cierra la nevera.

Adam hace un nuevo intento: separa yemas y claras con los dedos, tiene preparado un cazo con mantequilla clarificada. Es una señal de que hay que dejarlo tranquilo, pero Haya no hace ni caso. Quiere ayudar, él también quiere aproximarse a la ira, arriesgarse a prenderle fuego a algo.

—¿Te sale?

Adam se frota la cabeza, se mancha la ceja con huevo.

—No lo entiendo, he preparado salsa holandesa mil veces.

Haya se pone a su lado y trata de ser amigable, directo, en plan «vamos a resolver esto». Gira el control del fogón.

—Hum. No hace falta el fuego tan alto. —Trata de contenerse, pero no puede evitarlo—. Tampoco hace falta que lo hagas todo tú solo. Si tienes el cazo en el fuego y le echas la mantequilla a la vez que revuelves, lo vas a salpicar por todas partes. Los amigos están para echar una mano.

Adam no dice nada.

Haya agarra el cazo de la mantequilla.

—Ahora la echo yo.

Adam remueve y la salsa liga. Haya le pone una mano en el hombro en un gesto arrogante.

—Si se te vuelve a cortar, échale unas gotitas de agua fría, verás cómo la salvas. Y si le añades un poco de nata montada, se convierte en una muselina, que es algo más refinada. —Adam esboza una mueca, pero no dice nada—. Por cierto, tienes huevo en la ceja.

Haya se dispone a volver fuera con los demás, se siente estupendamente. Entonces se detiene en la puerta.

—Ah, pero ¿no me das a probar? ¿La has hecho en plan convencional, con laurel?

—Le he echado un vermut buenísimo.

Adam mete una cucharilla en el cazo. Haya se queda en la puerta de brazos cruzados. Adam lo mira y Haya se queda donde está, excitado por ver si el ambiente aguanta, por quién va a ceder.

Adam se le acerca.

Y ahora estoy a medio segundo de tomar una microdecisión social, resuelve Haya. *¿Acepto la cucharilla y la pruebo, o abro la boca?* Esas cosas le encantan. ¿Cuán grande es la distancia que los separa, cuán íntima puede volverse la situación? Haya titubea. Se queda de brazos cruzados y abre la boca, a la espera. Quiere ver si Adam le sigue la corriente,

¿qué pasa? ¿Es de maricas dar de comer a un amigo? Porque son amigos, ¿verdad? Sobre todo, después de lo de las flores de saúco. ¿Es una idiotez sabotear la relación ahora que habían conectado? Pues ya es tarde.

Adam le mete la cucharilla en la boca con expresión indiferente.

Una sacudida le recorre el cuerpo. Ha sido una ocurrencia, nada más. Pero algo se abre en su interior de repente, a la altura del diafragma. Algo oscuro y silente pero poderoso, tal y como se imagina la expansión del universo.

Intenta aparentar normalidad.

—Está rica —dice; da un paso atrás, sale a la luz del crepúsculo.

Haya deja los vasos en la mesa delante de Gry y se va al lago, se adentra un par de pasos hasta que el agua le llega a los tobillos. Ay, joder. Solo quería tomarle el pelo. Pero estar ahí plantado con la cucharilla metida en la boca abierta… El momento ha pasado en un suspiro, pero ahora todo su ser grita: ¡*Otra vez*! ¡*Otra vez*!

Ha sido todo de lo más natural.

¿Qué es esa emoción, ese temblor en la barriga? Como si algo que no sabía que tenía encerrado se hubiera escapado.

Toma aire para serenarse, con cautela, pero se da cuenta de que el cuerpo lo traiciona, que se moja, que se le pone dura.

Otra vez, se lamenta su cuerpo. *Vuelve a entrar.*

—Ni hablar —le susurra al lago.

Eso no.

Él no.

DÍA 5

Ha refrescado y la noche todavía está suspendida sobre los árboles. Karen se ha envuelto en lana, se ha puesto unos calcetines gruesos y las botas de goma de Esben. Se ha acercado a la orilla del lago. Aquí reina un silencio total. Todos duermen, el mundo contiene el aliento y la quietud de aquella orillita es suya, las olas diminutas que lamen la arena, la capa fina de agua de un gris neblinoso. Reza para sus adentros para que los demás no se despierten, para que la mañana sea solo para ella un rato más. Es un regalo, no suele tener las mañanas para ella sola, y ahora tiene una. Puede pensar, puede ser ella misma. ¿Qué tiene, tres cuartos de hora, tres horas?

Se ha despertado a las cinco y fuera ya había luz, la luz lechosa del alba con los primeros rayos de sol, que ha salido a las 04:22 como diciendo: te espero, me he preparado para ti. Paciente. El aire es gris y luminoso y apacible. Tras la sucesión incondicional de días exuberantes, hoy hace más frío. Han pasado varias jornadas acostándose agotados por el sol y al despertar el calor ya apretaba, imposible hacer nada después de las siete sin cocerse.

Siente el frío, el rocío, que le aclaran la cabeza.

Se merece tener una mañana de junio a solas entre el rocío, siempre.

¿Qué va a hacer? Podría ponerse a leer. A escribir. Podría bañarse; el agua debe de estar más caliente que el aire.

Sabe que ese es su punto fuerte, el estar a gusto a solas, el no sentir la necesidad de compartir con nadie ese momento de aliento contenido de la mañana. Su discreción es una forma refinada de egoísmo, disfruta de poder hacer las cosas en paz. Forma parte de una generación que se muere por compartirlo todo, que quiere ser reconocida en todo momento. Nota que la voz de cronista empieza a hablar, acelerada, pero la hace callar. Ahora no.

Sabe perfectamente que su dignidad está en un precario equilibrio, a punto de convertirse en autoindulgencia, y no le quita el ojo de encima.

Desde la orilla opuesta oye el murmullo de la hilera de altos abetos de Douglas, cuyas siluetas se dibujan en azul oscuro al amanecer. Un banco de una niebla gruesa y blanca se alza sobre ellos y se funde con el cielo.

El frío no le resulta desagradable, no es frío de ese que cala hasta los huesos, nota que los dedos se le encogen con la baja temperatura, se le afinan, el anillo de compromiso le baila un poco. Se siente pura, virginal, al amparo del alba. Pero de virginal no tiene nada, piensa con retranca. De hecho, hace días que tendría que haberle venido la regla, pero no ha dicho nada, aún no se hace a la idea de cómo va a encajar un bebé en su vida.

No tiene ganas de dejar de trabajar.

Ya echa de menos la redacción, los debates. Echa de menos el mundo, las crisis frescas. Fue ese impulso el que la llevó a alejarse del bosque, del lago, de su familia. Hace solo cinco años que Esben la siguió por todo el mundo mientras ella trabajaba como corresponsal y vivieron seis meses en Jerusalén, en Bruselas, en Delhi. Fue él quien quiso volver a Dinamarca cuando empezaron a hablar de tener hijos; era él el que quería vivir más cerca de la familia, de los amigos, del Estado de bienestar.

Echa de menos las rutinas matutinas que tenían en otros países. En la India tuvieron un cocinero y Esben no podía soportar que su dinero valiera tanto que podían permitirse contratar a un empleado.

Y ahora tienen que vivir en Copenhague porque tal vez vayan a tener un hijo al que mandarán a la guardería. Incluso si Esben y ella se separaran, tendría que seguir viviendo en la misma ciudad, en el mismo país, para compartir la custodia.

¿O acaso sería capaz de abandonarlos?

Lo medita y se imagina subiéndose a un avión como Ingrid Bergman en *Casablanca*, pero sola, en un gesto impresionante y trágico. Estaría dispuesta a renunciar a ellos, al niño y a Esben, para no destrozarle la vida al pequeño; sería una Medea moderna cuyo sacrificio entrañaría una liberación, un mensaje:

«Haced saber a mis hijos
que su madre los quería,
lo que pasa es que no los soportaba».

Aleja ese pensamiento de su mente. Soñar despierta no sirve de nada. Piensa en su trabajo, tan tangible. La semana que viene tiene que despedir a dos periodistas y sabe perfectamente cómo va a abordar la situación, tiene ganas ya de que sea agua pasada, sabe perfectamente a quién va a contratar para sustituirlos. ¿Debería sentirse peor? ¿Es demasiado dura? ¿O fría? ¿Está estropeada?

¿Debería tener más compasión? ¿Qué tipo de madre sería?

Le entran dudas cuando ve a Gry, que hace que la maternidad parezca fácil, que es una fuerza de la naturaleza, cálida, atenta, que recoge la mesa, que consigue que sus hijos prueben la perca a la plancha, como si fuera un juego. Se recuerda que a Gry se le da bien, que tiene tiempo. Gry no trabaja muchas horas. Hasta se podría decir que lo suyo no es un trabajo de verdad, sino un pasatiempo entre el doctorado y una plaza fija. Asistir a algunos congresos, supervisar a estudiantes, documentarse sobre plantas acuáticas. Siempre con eufemismos embellecedores: Karen se acuerda perfectamente de la vez que Gry estuvo de canguro del gato de un catedrático sueco y lo llamó «estar de *residency*». Gry tiene tiempo para hacer punto, para hacer pan de masa madre, para fermentar cosas y recomendarles libros sobre ecoficción e hidrofeminismo mientras Adam gana suficiente dinero para mantener a la familia y decora el piso en tonos beis con mucho gusto.

Karen saca pecho. La beca artística de Esben es un reconocimiento, pero supone unos ingresos simbólicos en su presupuesto. Es ella quien gana la mayor parte de su dinero. Que pida Esben el permiso de paternidad.

Suspira.

Le gustaría que los demás no despertaran jamás, que nunca pincharan la majestad luminosa del amanecer que le pertenece solo a ella. Se ve como un vigilante mientras se recoge el pelo en un moño. No tiene ganas de ser la madre de nadie, siempre ha tenido la sensación de que ella sería como los padres de antes, con su paternalismo distante, su deseo de que la dejen tranquila, incluso cuando está con sus amigos, a quienes prefiere cuidar de lejos. Es una persona completa, autosuficiente. Sabe que es así como la ve Esben. ¿Es por eso por lo que la quiere, porque es fuerte, porque no quiere nada de él?

Nunca se ha sentido demasiado dura ni estropeada cuando está con él.

Y da gracias por eso.

Se queda un rato sentada contemplando el lago, el espejo de agua con la franja de árboles en el horizonte que conoce de toda la vida.

Se le ocurre una idea. Se acercará al riachuelo que hay cerca de allí, donde de niña iba a pescar cangrejos con su padre. Hay trampas en el cobertizo de las herramientas y el amanecer es la hora perfecta para pescarlos. Es perfecto, esta noche se pondrán las botas comiendo cangrejos, pueden pescar más para la boda. Ahora serán demasiado pequeños, hay que pescarlos a finales de verano, pero le da igual, los demás también han ido de pesca y el bosque, al fin y al cabo, es suyo. Se regodea en ese pensamiento de ser una cazadora, de que los demás se queden al margen de su captura. No quiere que sea una actividad común.

No, una mañana de junio neblinosa para ella sola no es algo que pueda dar por sentado.

Debería ser algo especial, una rareza, algo que haga la ocasión realmente valiosa, que haga que desee que no acabe nunca.

Hay que aprovechar esos momentos cuando aparecen y tratar de recordar que habrá más, aunque se olvide la sensación que proporcionan de pureza, de existir entre el sueño y la vigilia, de ser consciente de la propia soledad.

cuando se aparta el velo del mundo ordinario; de estar presente mientras el mundo se prepara, en silencio absoluto como el espectador de un ensayo general.

La mañana silenciosa y despejada, el aire limpio antes de que el día dé comienzo y se vea abrumado de color, calor, ruido, mil conversaciones y todo el amor, la idiotez, el drama y la banalidad que llenan las horas humanas.

Sylvia y Haya han colgado guirnaldas luminosas y pañuelos de gasa sobre las tumbonas. Entre los dos hay una bandeja grande llena de cangrejos. Limones. Un pan delicioso. Es tarde, Vera y Sejr ya están acostados.

Sylvia está emocionada, se imagina que el sueño puede volverse realidad, que pueden construir un paisaje, un ambiente que posibilite el hablar con libertad, el superar los límites. Charlie, Adam, Gry, Esben y Karen se acercan a ellos.

Adam observa la decoración de los árboles y se cruza de brazos.

—Os habéis esforzado un montón.

Los otros también parecen haberse esforzado. Karen lleva un traje de color verde bosque y el pelo en un recogido tirante, y Esben una camisa color arena con bordados que es lo bastante larga y suelta como para parecer un vestido indeciso. ¿Se podría decir que lleva una «camisa vestidera»? Parece una joven promesa del Antiguo Testamento, ¿fue José el que estaba tan guapo en su camisa vestidera que sus hermanos le tenían envidia?

Haya intenta aparentar que la ocasión no es especial con su camiseta interior blanca, vaqueros cortos recortados, todo le está corto. Y pendientes de amatista, porque lo único que no se puede ser es aburrido.

Gry va muy guapa con ropa suelta de punto, delicada y de color blanco crema, nada adecuada para estar con niños, y Haya se le acerca para darle un abrazo, la aparta un poco para dedicarle una mirada escrutadora.

—¡Estás guapísima!

—Gracias, pero no sé si me queda bien —dice.

—Estás perfecta.

Haya saca un tarro de maquillaje con purpurina y le cubre los párpados a Gry hasta las cejas, además de dibujarle sendas líneas en los pómulos. Le tira con cuidado de las trenzas para aflojarlas un poco. Charlie se ha puesto a la cola detrás de Gry.

—¿Tú también quieres? —pregunta Haya, encantado.

Estudia con detenimiento el rostro de Charlie. Entonces mete el pulgar en la purpurina y lo pasa con un gesto lento y resuelto por la frente de Charlie mientras dice, con voz cavernosa:

—Simba.

Charlie responde con un manotazo y Gry, con una carcajada. Karen se pone delante de Haya, y él se da permiso para hablarle tal como la ve, exaltado, como si fuera su caballero fiel.

—¿Me permites?

Ella deja las manos a los lados y cierra los ojos, y Haya le dibuja un bigote de un blanco plateado sobre el labio superior. Karen se acerca al lago para ver su reflejo, se mete las manos en los bolsillos del traje.

—¡Me queda bien!

—Pues sí —confirma Gry, que se agarra del brazo de Adam—. ¡Adam también se tiene que maquillar!

157

Adam pone una mueca que Haya imita.

—De verdad que no es necesario —dice Adam.

—Haz el favor de no ser tan sieso —responde Gry.

Haya nota que se le acelera el pulso. Inspira profundamente. Se pone delante de Adam; son casi igual de altos, y le pone los dedos junto a la oreja sobre los pómulos prominentes, que resigue despacio hacia la boca, hasta que Adam aparta la cara.

—No hace falta.

Haya mira a Gry, que pone los ojos en blanco, y él se encoge de hombros, agarra a Charlie de la mano y la conduce al lado de Sylvia. Esben se sienta al otro lado de Sylvia (*Qué fácil ha sido*, piensa Haya).

Tratan de acomodarse entre los almohadones, entre ese decorado romano. Sylvia se apoya en un brazo para quedar medio recostada. Muy típico de ella. Sin embargo, está muy atenta. Hay mucho silencio. ¿Deberían haber traído música? ¿Se han pasado? Contempla la bandeja de cangrejos. Los han escaldado y están muy rojos. Cuando Karen los ha traído estaban perfectos, a Sylvia le da por pensar que la imagen es hermosa, como algo típico sueco y veraniego, pero ¿qué hay que hacer con un cangrejo? ¿Cómo se enfrenta uno a ellos? El grupo está a la expectativa, y parece que la espera desinfla un poco la magia. Como si aquella escena no fuera más que eso, una escena. Ahí sentados con su ropa bonita, con las caras pintadas, de repente Sylvia se da cuenta de que son la gente más pretenciosa del mundo, y ella más que nadie. Es hacer trampas, es como si jugaran. Todo está estudiado: las rodajas de limón, el vino naranja. Apetece que el decorado se vuelva realidad. Pero los cangrejos están recubiertos de un caparazón y no tiene ni idea de qué debe hacer. Mira a su alrededor en busca de ayuda. Charlie se da cuenta, le pone una mano tranquilizadora en la pierna.

—Karen, ¿nos cuentas cómo va lo de los cangrejos? —pregunta Charlie.

—¡Claro! Hay que pelarlos, como se hace con las gambas y los bogavantes —responde.

Charlie frunce los labios.

—¿Nos das algo más de detalle?

—Toma uno y lo haremos juntas. No, ven, vamos a sentarnos algo más derechas, con tanta almohada me siento rarísima. Muy bien. Hay que agarrar el cuerpo con el pulgar y el índice, y entonces retorcer la cabeza. ¡Así! Entonces hay que apretar con los dedos para abrirlo como si fuera una vaina de guisantes. Sí, más o menos. La cola también hay que arrancarla.

Ya están todos metidos en el cuadro. Se ponen a pelar cangrejos. Arrancan trozos de pan para mojarlos en los jugos que gotean de los crustáceos y les pringan los dedos. Con una risita, Gry estira la mano con la que sujeta un cangrejo mientras pone la otra debajo para protegerse el vestido.

—Es que es muy difícil.

Así es incluso mejor, piensa Sylvia. Encontrarse en un entorno idílico y que se les dé mal, que puedan decir en voz alta: esto es difícil, pero lo vamos a hacer. Pueden admitir que algo es como un juego mientras juegan.

—Es un trabajo ingrato —dice Karen, que hace gala de su origen norjutlandés aunque tiene tanta experiencia que consigue mantener las manos impolutas. Haya sonríe; se ha pringado de jugo de cangrejo de arriba abajo.

—Ve al lago a lavarte, truhan. —Karen habla en un tono tan imperioso que Haya se levanta al instante mientras lo

159

recorre de nuevo el impulso de arrodillarse, le encanta que lleve el pelo recogido y le hable con imperativos.

Se acerca a la orilla y se arrodilla. El agua le llega hasta el borde deshilachado de los vaqueros. Se siente como si estuviera en un videoclip, rodeado de un aura de *boy band*, con la puesta de sol reflejada en el agua, con su camiseta imperio blanca que transparenta al mojarse. Se lava hasta los hombros, usando las manos como cuencos. Las manchas de grasa de los jugos del cangrejo flotan en la superficie del agua alrededor de sus muñecas.

Oye pasos a su espalda. Que no sea Adam. Nota que sus movimientos se envaran. *Mejor que sea Adam*, piensa a regañadientes, y que me vea así de magnífico junto al agua, con esta luz, que me diga algo.

Adam se arrima a la orilla y se lava las manos en silencio.

Sylvia esconde un suspiro en su copa de vino. ¿Cómo es posible estar tan tensa y relajada a la vez? Está medio recostada y apoya la cabeza en el brazo de Charlie. Si estirara el pie podría tocar a Esben en el codo, lo hace, y él, que está hablando con Gry, le agarra el pie con aire distraído, se lo sujeta, le acaricia el tobillo con el pulgar. Ay, Dios. No pares. Vuelve a estar inmersa en el milagro de Kelly Taylor, está entusiasmada. ¿Por qué iba a importarle eso a nadie? ¿Por qué no va a poder estar así tumbada, conectada con los dos? Nadie saldría perdiendo. Todo, todo es posible. Pero, ay, ¿cómo expresarlo en voz alta?

Haya regresa del lago y extiende los brazos para abarcarlos a todos.

—¿Por qué no nos casamos todos?

Karen le sonríe.

—Es una propuesta interesante. Pero creo que te sería imposible sernos fiel.

Haya se sienta.

—Eso ni se cotiza. Que me costaría, digo. Pero lo digo en serio. Se puede tener una relación abierta, ¿nunca lo habías pensado?

Sylvia tiene ganas de llorar. No se puede decir que Haya sea discreto, pero bueno, ya lo ha dicho.

—A ver, suena estupendo y no dudo que a muchos nos apetecería follarnos a todo lo que se mueva, pero creo que una sola relación ya es bastante complicada —dice Karen. A ella, la verdad, la posibilidad de más trabajo de cuidados, más caos humano, no la atrae nada. Se ve más bien como un Don Draper en los años 50, que tiene una aventura con la secretaria pero sin ensuciar, sin que signifique nada.

—No sé si a mí me apetece follarme a todo lo que se mueve —dice Esben, que no parece nada ofendido, solo pensativo, cuando continúa—: Pero cuando la gente habla de estas cosas, me acuerdo siempre de Selma Lagerlöf. ¿Os acordáis de la conferencia sobre Mårbacka? ¿Os acordáis de su casa, que no tenía derecho a heredar, pero que acabó comprando con el dinero del Nobel? En el piso de arriba montó una gran biblioteca desde la que se accedía a varios dormitorios. Uno para ella, otro para su compañera de vida y otro para la novia de ambas. Y habitaciones para invitados, claro. ¿No os parece lo más sublime que habéis oído en la vida? ¡A mí me parece una forma de vida óptima y preciosa!

Sylvia lo ama por ser capaz de identificarse con unas lesbianas hasta el punto de que el cuello se le llena de ronchas rojizas. Es verdad que es la forma de vida más preciosa, una gran casa compartida y una habitación propia, una biblioteca gigante, una comuna para tipos artísticos inteligentes y tristones que se han leído todos los libros del mundo y tienen ganas de releerlos. De leérselos en voz alta unos a otros. *Podríamos ayudarnos a escribir nuestros libros y visitarnos en nuestras respectivas habitaciones ataviados con largos camisones con una vela*, se le ocurre. Ella ya tiene un camisón largo y blanco, es perfecto.

—Si alguna vez ganas el Nobel, tienes que dejarme invertir el dinero —dice Karen. Los demás se ríen, Esben también. A Sylvia le entran ganas de chillar, de tirar por los aires la bandeja de cangrejos, joder, que estaban hablando de una fantasía mágica con sitio para todos.

—O podríamos vivir como Tove Janssen y su pareja, Tuulikki Pietilä, cada una en su piso con su taller, conectadas por un pasillo, ¿no sería un sueño? —propone Haya.

—Pero vivían así porque no pudieron casarse —interviene Charlie. Sylvia no sabe qué decir. Una parte retrógrada de ella desearía vivir en una época en la que Charlie y ella no pudieran vivir juntas porque no les estuviera permitido, en la que fuera la sociedad la que le impide hacer cosas, y no sus propias dudas.

Karen carraspea.

—A ver, yo de ninguna manera quiero vivir en una comuna. Entiendo que la gente tiene libido, que nos excita más de una persona, pero en una relación abierta, la pareja también tiene derecho a estar con otros, y yo por ahí no paso.

—¿En serio? —pregunta Haya—. ¿No es un poco infantil? En plan: no quiero que nadie toque mis cosas. Si yo tuviera pareja, querría darle el mundo entero. No le negaría nada. Y, si estoy con alguien que tiene pareja, tampoco le estoy quitando nada a nadie.

Karen sonríe.

—Ya, pero es que no tienes pareja. Nunca has estado con nadie. A lo mejor no deberías ir por ahí robándoles la pareja a los demás.

—Oye, ¡que yo no estoy robando nada! Yo soy... ¡un suplemento!

Todos prorrumpen en carcajadas.

—¿Y si no fuera solo sexo, y si fuera amor? —pregunta Sylvia—. Si no se trata solo de satisfacer una necesidad física, si se acepta que se puede sentir algo por varias personas al mismo tiempo, ¿no creéis que sería utópico si...?

—Yo creo que eso no trae más que desorden y caos —dice Karen—. Además, el amor y el sexo son algo tan especial, tan íntimo, y es tan raro que funcione que, cuando se encuentra, es normal querer protegerlo, proteger la relación. También podría argumentarse que la monogamia es algo sublime, entregarse a otra persona, que lo que hace especial a la relación es el hecho de ser elegido deliberadamente.

—Bueno, como diría un marxista pervertido, eso es un dilema de falsa escasez. Creo que la percepción de que hay que ser tacaños con el sexo y el amor porque escasean es falso. Lo que pasa es que el sexo y el amor escasean porque los racaneamos —dice Haya.

Adam interviene:

—Y eso del poliamor, ¿acaso no es comunismo para gente que va demasiado cachonda como para ponerse a leer teoría política? Además, es incorrecto decir que el sexo no es un recurso escaso. Y no solo para los incels,

163

sino para todos. Todo es un recurso escaso, y solo un ingenuo creería lo contrario. Como dijo Sartre, la esencia de la realidad es la escasez. No hay amor suficiente, no hay alimento suficiente, ni bondad suficiente para que todo el mundo consiga lo que desea. Se mire como se mire, no hay tiempo suficiente para hacer todo lo que nos gustaría. Todos queremos cosas, y no hay suficiente para todos. Siempre hay un déficit. La versión pasiva de ese déficit es el anhelo. La activa, el conflicto.

Sylvia se estremece para sus adentros. Oh, no, ¿así son las cosas de verdad? Eso significa que está condenada a soñar despierta, a anhelar, y sus deseos nunca se harán realidad.

Haya se encoge de hombros.

—Pero si Sartre era poliamoroso, *bro*.

Gry suelta una carcajada y le pone una mano en el hombro a Haya.

—A mí me parece que suena superinteresante, pero Adam y yo nunca haríamos algo así —sentencia.

Adam levanta la vista y entonces, imitando el tono de Gry, replica:

—A mí también me parece que suena superinteresante, pero Gry nunca haría algo así.

Gry vuelve a reír. Se siente liviana y libre. Los juncos de la orilla se mecen con la brisa, la velada es larga, el cielo sigue luminoso. *¿Y si la próxima vez tomamos un poquito de MDMA?*, piensa. *¿O setas?* A Gry le sorprende que sea su voz maternal interior la que lo propone, la voz que anticipa una necesidad del grupo antes de que los demás se den cuenta, la misma voz interior que le recuerda que se ponga a hacer café. Tal vez para cuando queden para la próxima vez uno de los puntos del programa podría ser que sea un encuentro sin niños, y se lo imagina mientras contempla el lago, que enmarcado por los juncos se le antoja una fuente, con el agua teñida por el sol poniente como un ponche rojizo que promete elevarlos a un lugar celestial, y algo se eleva en ella con solo pensar que habrá una próxima vez. Pero ¿de verdad lo harán? ¿Puede ser algo que hagan de verdad? Y, si hay una próxima vez, ¿podrán ir más lejos?

La voz de Charlie suena alta y clara.

—Yo nunca podría vivir con una relación abierta, en ninguna circunstancia. Soy demasiado celosa y no me importa.

Qué atractiva es, piensa Gry, sorprendida. Es precisamente esa parte fiel y celosa de Charlie la que le resulta magnética. Además de esos hombros que tiene, por Dios.

Gry sigue contemplando los juncos mientras los demás hablan, le parece vislumbrar las luces de los barcos fantasma en las profundidades del lago que atraen a los despistados para que dejen el camino. Le parece que hace mucho tiempo que no estaba rodeada de adultos, de fiesta, sin sus hijos. Por una vez siente a los niños como una cuerda que la estriñe, y eso que se han portado de forma ejemplar. Tiene ganas de elevarse, tiene ganas de trasnochar, de apagar el zumbido quedo que tiene siempre en el fondo de la mente, en los márgenes de su campo visual, que anda siempre alerta por si están en peligro. Se da cuenta de que está cansada, de que lleva cinco años calculando riesgos, valorando si las tortitas de arroz llevan demasiada sal, si los trepadores del parque son demasiado altos y, si manda a Vera bajarse de la rama reseca de un haya, ¿no estará reprimiendo sus ganas de explorar, su seguridad y autonomía a largo plazo?

¿Le gusta ser madre o es que se le da bien y que es agradable hacer cosas que a una se le dan bien en lugar de andar siempre esforzándose y pasándolo mal? Siente aquel zumbido como un cosquilleo cálido en las piernas.

—Voy a por más vino.

Quiere entrar en casa a ver a los niños. Quiere sentarse y recalibrar sus emociones, recordar su amor por ellos, ese amor tan sencillo y puro. En la habitación de los niños reina un frescor sombrío. Se sienta en el borde de la litera de abajo. Vera ha sacado una pierna de debajo del edredón, hay que ver lo que se mueven los niños mientras duermen. Esa libertad, esa vida sin preocupaciones, está condicionada por su atención constante. Los niños dan sentido a su vida, sí, pero también son lo opuesto a la libertad. Por un momento desearía que no existieran.

Gry se levanta y descubre que la cama de Sejr está vacía.

Lo busca, mira bajo el edredón que ha quedado hecho un gurruño a los pies de la cama. ¿Estaría ahí debajo? ¿Podrá respirar? Pero resulta que no está, busca en la habitación en penumbra, en la cama de Vera, en la cama de matrimonio. Enciende la luz y Vera se da la vuelta sin despertarse. No está.

—No encuentro a Sejr.

Adam se levanta al instante con una expresión extraña. Va directo a la habitación que Gry acaba de registrar, y ella espera que de alguna manera acabe encontrándolo allí, que su sentido del orden se imponga al desorden del mundo.

Adam regresa, pálido, niega con la cabeza. Las conversaciones se detienen.

—¿No los estabas vigilando? —dice Adam.

Karen le lanza una respuesta cortante mientras también se levanta:

—¿Por qué dices eso? ¿No son tus hijos también?

—Entonces agarra a Gry de la mano—. Ven, vamos a buscar por la casa.

Entran de nuevo. Karen repara en que la puerta trasera está entornada.

Oh, no, piensa Gry. *Debe de haberse despertado, debe de haber salido de la cama.* Se imagina sus piececitos torpes. *Insistió en dormir en la litera de arriba, tiene solo tres años y quiere enfrentarse al mundo entero sin ser capaz de tener en cuenta las consecuencias, y yo ahí sentada, bebiendo vino, pensando en una fuente de ponche gigante entre los juncos. ¿Y si se ha despertado y tenía miedo, y si me ha llamado y yo no lo he oído? Les he dicho que estaríamos fuera, debe de haberse ido solo al bosque.*

Karen saca linternas del kit de emergencia. Deciden dividirse y volver a encontrarse dentro de un cuarto de hora. Está muy oscuro. Han recobrado la sobriedad de golpe. En sus rostros serios aún resplandecen los restos de purpurina. Gry examina las raíces, contempla la superficie del lago. ¿Y si se ha caído al agua? Ahí, en plena noche en el bosque, siente en sus propias carnes de qué están hechas las criaturas que se dedica a investigar. La necesidad de crear monstruos en la oscuridad, de inventar seres que expliquen los terrores que atenazan por la noche, para explicar qué les pasa a los niños que desaparecen, a los que se llevan los duendes, a los que cambian por un impostor. ¿Y si, dormido y asustado como debía de estar, se ha caído al lago? Se lo imagina, su cuerpecito inerte flotando en el agua oscura. Un cuerpo sin fuerzas, pesado, muy parecido al de Vera, repantingada en la cama.

No quiere pensarlo, pero lo piensa: *Está muerto. Ya está muerto.* ¿Y si tiene que vivir el resto de su vida como una madre que perdió a un hijo? Trata de mantener los sentidos alerta, de escrutar los tocones de los árboles, ¿qué ha sido ese crujido en el sotobosque? ¿Se habrá adentrado más en el bosque, la estará llamando?

—¡Sejr! —lo llama, asustada por lo quebradiza que le sale la voz.

Ya no lo puede parar. Está familiarizada con la idea de que tener hijos significa imaginarse perderlos una y mil veces. Imaginar que caen y se hacen daño, que se parten los dientes, que se caen y se perforan un pulmón con una rama traicionera en el suelo, que los secuestran, que abusan de ellos, que los matan. *Casi prefiero el lago del bosque*, se dice.

Se muerde las mejillas, nota que se le clavan los colmillos en la mucosa, lo bastante fuerte como para centrarse.

Pero es verdad, piensa, y se impone el torrente que avasalla sus pensamientos. Tener hijos significa imaginar una y otra vez todas las formas posibles de perderlos hasta que lo que parezca inimaginable sea que no se mueran. ¿Acaso no corren peligro de muerte cada día? ¿Y no es estadísticamente improbable poder protegerlos? Requieren una atención constante, una protección comprometida. Algunas veces se imagina la infancia entera de Vera y Sejr como si caminaran por delante de ella entre hierba alta, con sus cabezones zozobrando sobre sus finos cuellos, delicados como amapolas, y siente el impulso de alargar el brazo, de ponerles una mano protectora en la nuca. En su indefensión hay algo casi provocativo que la obliga a imaginarse mil peligros posibles.

Gira la cabeza mientras olisquea. Ilumina con la linterna las raíces de los abedules, el musgo le devuelve reflejos de un verde claro excesivo, fuera del haz de luz el bosque es una fuerza oscura y vibrante. No quiere librarse de sus hijos, ahora lo único que quiere es encontrar a Sejr. Le promete a un dios en el que no cree que, si le devuelve a Sejr, lo cuidará siempre.

En ti hay algo que quiere ser destruido, prosigue el hilo de pensamiento sobre las cabezas de amapola. *Sí, algo que quiere cambiar para siempre; quieres convertirte en algo trágico, dejar de hablar, quieres convertirte en la que sufrió una gran pérdida y ¿acaso no hay una parte pequeña de ti que se sentiría aliviada? Porque podrías dejar de tener miedo, dejar de temer las amenazas, porque de una vez por todas se hicieron realidad.*

Pero tengo dos hijos, le recuerda, seca, a su cerebro. *Quiero seguir viviendo, seguir sufriendo mientras me preocupo todavía más por la hija que me queda.*

Ya, le susurran sus pensamientos, *pero también habría una pequeña parte de ti, una parte secreta, que recibiría con los brazos abiertos el aura del trauma que te caería encima, que daría las gracias por ser interesante, por fin, interesante de una forma inequívoca e irrevocable. De no volver a ser del montón nunca más.*

—¡Sejr!

El bosque no responde.

Mira el reloj. Es hora de volver con los demás. Es hora de que, uno a uno, regresen a la casa con las manos vacías.

—No hace tanto frío como para que sea peligroso pasar la noche en el bosque, pero ¿no tendríamos que llamar a Emergencias? Lo digo por el lago —dice Haya.

Sylvia se fija en que Esben se aparta un poco de los demás. Se lleva una mano temblorosa a la sien, como un saludo desmadejado, como si quisiera arrojar algo. Entra en la casa y ella va detrás. Que se apañen los demás con la llamada. Esben ha apoyado la espalda contra el marco de la puerta del salón, tiene los ojos cerrados y se mesa los cabellos, respira agitadamente por la nariz, resopla. Agita las manos como si tuviera hilos que tiraran de ellas.

Ella se le acerca un paso.

—Oye. No pasa nada. Lo encontraremos. Todo irá bien.

Esben la mira como si no la viera. Ella le agarra una mano temblorosa.

—Ven. Ven aquí, siéntate un momento.

Él niega con la cabeza. Vuelve a cerrar los ojos. Nota los espasmos de su mano entre las suyas.

—Anda, ven. No pasa nada. —Sylvia es la primera sorprendida por su determinación—. Tienes que calmarte un poco.

Le agarra fuerte la mano y con la mano libre le sujeta la cintura, como si fueran a bailar, como si él fuera un anciano que necesitara apoyo. Para Sylvia es una sensación airosa, de orgullo. Claro que puede ser fuerte, claro que puede guiar, si se trata de él.

—Ven, vamos a sentarnos un momento.

Él asiente y se deja conducir hacia el sofá verde de la esquina. Ella le da un apretón en la mano, y él se lo devuelve. Su respiración se ha vuelto más profunda, más calmada. Apoya la cabeza en la de ella. También podrían quedarse así. Nota el aliento cálido de Esben en su cuello. Entonces miran hacia abajo. Allí, en el sofá, está Sejr, profundamente dormido.

DÍA 6

Hoy es el día de ponerse a ordenar. El día de estar alterados, aliviados porque anoche no sucedió ninguna tragedia. De ultimar los preparativos, olvidarse de la desaparición de Sejr.

Por la noche se acostarán temprano, sobrios, preparados para mañana. Karen delega tareas sentada a la mesa del desayuno. Faltan pocas cosas por resolver: sus padres traerán una carpa, la comida, la paellera descomunal de su padre, preparada para una masacre cangrejil.

Haya ha oído a gente que follaba por la noche, aunque no sabe quién. Gry se pasea alrededor de la mesa, le da un beso a Adam en el pelo mientras él se pone las gafas.

Haya se arrellana en su asiento y agarra un melocotón. Está dulce y jugoso. Le encantan las frutas de hueso, pero son pringosas y cuesta comerlas en plan estético. Come despacio y una gota de zumo se escapa y le resbala por el mentón. Resiste el impulso de limpiárselo, no le importa mancharse, da otro bocado y nota más gotas que le salpican el pecho, la barriga, se reclina, cierra los ojos y nota el recorrido refrescante del jugo sobre la piel, el sol calienta la sustancia pegajosa sin llegar a secarla, las gotitas alcanzan el vello rojizo que tiene bajo el ombligo, un vello que es apenas lanugo. Desde la perspectiva de una gota, sin embargo, es un buen matorral, y esa gota es persistente y se desplaza, obstinada, de un pelo al siguiente hasta llegar a la cinturilla azul cielo de sus vaqueros cortos, donde es absorbida y deja solo una manchita oscura.

Adam se levanta, recoge sus cacharros, da un beso a Gry. ¿Acaso querrá entrar a trabajar, ponerse a contestar correos? Se detiene junto a la tumbona de Haya.

—¿Contigo tiene que ser todo siempre un espectáculo? —le pregunta antes de meterse en la casa.

Haya no tiene claro si lo ha dicho en broma ni lo que tiene que responder. Parpadea despacio, le entran náuseas, de repente la fruta le sienta mal.

Es demasiado. Haya se cuece bajo al sol y también arde por dentro. Adam es tan hetero, tan distinto a él que no se atreve a ver qué pasa, a dejarse ver, no sabe qué hacer con su vida, le entran ganas de irse muy lejos de allí y ponerse a gritar en un cojín mil años.

Acaba gritando en un cojín, pero no enseguida. Se ha ido a su habitación, se ha tumbado en la cama medio desvestido (hay una parte de él que se pirra por la escenografía, por verse desde fuera con la ropa desarreglada, los vaqueros desabrochados, la camisa abierta, como si alguien hubiera intentado acceder con prisas a su cuerpo). Quiere convertir su agonía en un calentón puro y duro, algo a lo que pueda poner remedio.

Se pone manos a la obra y piensa en Adam, trata de evocar una escena descarnada, algo que, por lo general, le gusta. Sin embargo, lo que ve ante él es el paisaje luminoso de una cama bajo el sol del mediodía, más fresca que el calor que hace ahí, una ventana abierta, un domingo, un vaso de zumo de naranja en una mesa bañada por el sol. Y Adam. ¿Qué significa eso? Igual no está del humor adecuado.

Ah, pero sí, nota las terminaciones nerviosas que despiertan en su cuerpo como perritos que huelen sangre.

Pues vale, piensa Haya, que lo intenta con desconfianza, titubeante, se escupe en la palma de la mano, moja las puntas de los dedos en la saliva antes de tocarse durante una mañana de domingo junto a Adam, que tiene la cara dormida y una sonrisa cálida. Ve su torso, pero, sobre todo, su cara, el sol que se le refleja en la barba mal afeitada cuando le sonríe.

Perdona, ¿qué?

Haya discute con su cuerpo, con su cerebro, con sus impulsos, les dice que se están pasando con ese intento de domesticar a Adam, les asegura que no hay ningún motivo para hacerlo, si ni siquiera le cae bien porque es un bestia. No, no, le responde el cuerpo, y la luz del sol lo recorre en oleadas, lo eleva, le arquea la espalda. *¿Quieres que te conozca, quieres conocerlo, quieres que te tome cariño, quieres formar parte de su día a día y que te crea inteligente, que piense que eres tontísimo porque sabe cómo eres y que durmáis juntos hasta tarde y despertéis juntos y toméis zumo de naranja una mañana de domingo?* Haya nota las ondas que le recorren el cuerpo, que se contraen dentro de él. Las imágenes se suceden con fluidez: Adam lo agarra por detrás, lo sujeta fuerte, el vaso de zumo de naranja relumbra al sol. El orgasmo lo sacude antes de que se dé cuenta de lo que pasa, se da la vuelta y ahoga un grito casi despavorido en la almohada.

Le parece la fantasía más indecente que ha tenido últimamente.

Es mucho peor de lo que creía.

Sylvia lo va a estrangular.

Karen contempla con aire dudoso la tarta de boda escarlata. Una mousse de frutos rojos oscura, una preparación imponente. Cuando levanta la vista se encuentra con Sylvia en la puerta de la cocina.

—No es lo que mejor se me da. A Gry le hubiera quedado más bonito.

Prueba a abrir una caja de *macarons* franceses de un profundo color morado a juego y repartirlos alrededor de la tarta, enterrados en la mousse. El resultado es una masa temblona que le hace creer que está perdiendo el tiempo. Tiene ganas de darse por vencida; se gira hacia Sylvia con un gesto impaciente de las manos.

—Tenía que parecerse al que pedíamos siempre en *La Glace*, pero nada más lejos. Parece que está decorado con *plugs* anales.

Sylvia suelta una risita.

—Guau, ¡nunca te creí capaz!

—Es una forma de hablar —replica Karen, seca.

Sylvia suelta una carcajada, pero entonces mira al suelo y se apresura a marcharse.

Karen la observa mientras se aleja antes de darse la vuelta para lavarse las manos. Piensa en cómo eran antes las cosas. Piensa que ella y Sylvia eran muy amigas al principio. Reconocieron algo la una en la otra, un egoísmo natural, un síndrome de protagonista, y les resultó de lo más liberador el no tener que preocuparse por ser simpáticas, el poder seguir siendo talentosas, seguir debatiendo, seguir manifestando su excelencia. Eran ambiciosas y vanidosas y se dieron permiso para serlo. Se repite constantemente que tiene ganas de estar sola, pero se da cuenta de que echa de menos a Sylvia.

Se metían siempre con Esben, hablaban de su seriedad, de su aire cuidadoso y reflexivo, de su moral, de cómo nunca decía una palabra más alta que la otra, de que nunca decía banalidades, de que era insoportable; se dedicaban a conspirar en los bares los viernes por la noche: «Si insistimos en haber entendido un poema, una película, un dilema ético de una forma diametralmente opuesta a él, ¿conseguiremos sacarlo de sus casillas?». Nunca lo consiguieron.

Los tres sentían un interés intuitivo por los otros dos. Al principio intentaron impresionar, pavonearse ante los demás, compartían sus películas preferidas; ella le enseñó *Vivir de nuevo*, de Joachim Trier, un espejo, un grupo de jóvenes que sueñan con escribir, competir, hacerse los listos, enamorarse, y Esben se tapó los ojos cuando Philip, que alcanza el éxito como escritor, se vuelve psicótico y pierde el contacto con la realidad. A Karen le pareció muy tierno, despertó algo en ella, cierto instinto protector.

Esben se quedó dormido cuando fueron a ver su película preferida. Karen y Sylvia por poco se mueren conteniendo la risa. Al terminar la película, el DVD volvió a empezar y Karen y Sylvia se miraron. «¿La vemos otra vez?», preguntó Sylvia, y ninguna de las dos había entendido nada, ¿quizá si lo veían de nuevo se les quedaría algo? Sylvia estaba muy preocupada por entender las cosas correctamente, ¿en serio estaba dispuesta a ver una película dos veces para no sentirse tonta? A Karen siempre le había resultado más fácil rechazar las cosas que no le decían nada, tenía un instinto natural para lo que le gustaba y lo que no. Pero dejaron puesta la película y acabaron con un ataque de risa ante aquellos silencios suecos; en cuanto a una de las dos se le escapó una risita, aguantarse fue una batalla perdida. Cuando el rostro de la protagonista volvió a fundirse con gran seriedad en el reflejo de la casa veraniega, ya no pudieron más y sus carcajadas acabaron despertando a Esben, que miró confundido de sus amigas a la mujer de la pantalla al reloj de la pared. Se levantó para escribir algo con una sonrisa. El segundo visionado tampoco les había ayudado a entender la película, pero sí que entendieron que les gustaba Esben y su seriedad, incluso si era algo aburrido. Se gustaban los tres.

A partir de entonces se relajaron un poco. Podían echarse juntos en un sofá a ver series americanas, con Sylvia y Karen disparando análisis apresurados que luego Esben trataba de resumir y aclarar, y entonces ellas lo abucheaban y él, resignado, apocado como siempre, se iba a buscarles algo para beber.

Sylvia y ella estaban en la misma longitud de onda, aunque no se parecían en nada. Sylvia era y es muy animada, tiene una cara que casi parece de personaje de Pixar, sonríe siempre y se ríe escandalosamente, y eso hace que parezca que está siempre contenta. Y a la vez, se dice Karen, se nota que no es verdad. *Creemos que la gente que es afable y divertida es feliz porque sonríe mucho*, reflexiona. Pero Sylvia alberga una melancolía, una gravedad que debería tomarse en serio. Es un problema típicamente femenino; a Gry le pasa lo mismo. Se mira la barriga y se da cuenta de que la ropa se le ha llenado de manchitas de color lila intenso y se jura que, si de verdad está embarazada, si tiene una niña, le enseñará a no cultivar la afabilidad como valor supremo, a no sonreír si no está contenta.

Pero lo que tenía con Sylvia era especial. ¿Qué fue de su amistad? Karen ha acabado estrechando lazos con Gry sencillamente porque Gry siempre está, siempre responde a los mensajes.

Echa de menos el impulso de Sylvia de decir algo venenoso, gracioso, en lugar de estar todo el rato admirando el idilio. Karen se da cuenta de que Sylvia aún tiene esa vena subversiva, una perspectiva única. Le gustaría hablar con ella de lo que significa tener hijos, porque no duda que Gry haría campaña a favor de tenerlos. Echa de menos a su amiga. Sabe perfectamente que ella también se ha vuelto algo distante, algo ensimismada, pero echa de menos que alguien venga a buscarla.

¿Cuándo se convirtió su amistad en algo tan superficial y educado? ¿Por qué se ha ido hace un momento?

Esben y Gry preparan la cena. Él resopla levemente y le pasa un brazo por los hombros.

—Tranquilo, estoy bien —dice Gry—. La suerte de que lo encontrarais, de que no saliera de casa... Pero... —Niega con la cabeza, no da con las palabras. Sin embargo, parece que Esben la entiende, y ella inspira profundamente antes de continuar—: Me entró muy mala conciencia porque nosotros estábamos de fiesta tranquilamente. No me di cuenta de que se levantaba. Es como si, a la que te descuidas un segundo, puede pasar algo horrible.

Él le estrecha los hombros.

—No pienses eso. Eres la mejor madre del mundo.

Gry se zafa con delicadeza, quiere pasar un trapo por la mesa de la cocina. Esben cambia el peso de un pie a otro con inquietud, y Gry se da cuenta de que quiere decirle algo.

—¿Pasa algo? —le pregunta.

Esben permanece callado, se cubre la boca con una mano, mira hacia el techo. Gry le deja tiempo, no aparta los ojos del trapo, mueve un vaso de sitio. Se le ocurre que Esben es tan idealista y místico que a veces hasta es como un niño pequeño que nunca aprendió a confiar en los demás.

—Sí, bueno... Perdona que me ponga a hablar de mí, está totalmente fuera de lugar. Es que... veo lo bien que se te da ser madre. Es maravilloso. Y a mí me da miedo pensar que, si yo tuviera hijos..., no sé si sería capaz.

—Claro que sí, serías un padre estupendo.

Él le dedica una mirada apacible, elocuente. Entonces ella entiende a qué se refiere. Ha leído el libro sobre su madre, sobre su infancia, sobre que es hereditario, entiende que debe de temer transmitirlo a sus hijos.

—Ay, Esben. —Esben se mordisquea las cutículas—. ¿Piensas mucho en tener hijos?

Él frota las suelas de las sandalias en el suelo; le da vergüenza hablar de sí mismo.

—Le di muchas vueltas mientras escribía. Me siento como si llevara meses conteniendo la respiración. Me gustaría muchísimo, pero no creo que mi genética vaya a aportar nada bueno.

A Gry le entran unas ganas locas de abrazarlo, de tranquilizarlo, de asegurarle que no tiene nada que temer, de limarle las aristas al mundo. Pero esa mirada tan seria que tiene... Se da cuenta de lo real que es todo eso para él. Le agarra la mano.

—Está muy bien que pienses en esas cosas, es muy noble por tu parte...

Esben responde con un chasquido de la lengua y, al hablar, su voz es más constante de lo habitual:

—No, no es verdad. No es una cruz que tengo que llevar. Es una pesadumbre que tengo dentro, pero así son las cosas, es algo que siempre ha estado ahí, que forma parte de mí. Siempre he pensado que no debería tener hijos.

Gry le agarra fuerte la mano. No tiene miedo de su pena, lo escucha.

—Pero ahora, por primera vez en la vida, se me ocurre que quizá... sí que quiero. Lo deseo tantísimo que hasta me mareo. Pero ¿puedo? ¿Es egoísmo puro? La gente solo tiene hijos por egoísmo. —Gry carraspea—. Con perdón.

—No, si tienes razón —dice ella, y le da un apretón en la mano—. ¿Puedes hablar con Karen de cómo te sientes?

—Sí, doy gracias por tener a Karen. Es más fácil fiarme de su percepción de la realidad que de la mía. Ella no se inmuta por nada. Estoy segura de que sería perfectamente capaz de ser madre, sin duda alguna, pero no sé si lo desea tanto como yo.

—Igual no hace falta que lo desee. —Gry se toma la licencia de extralimitarse un poco y tratar de meterse en su cabeza—. Si te permites ser un poco egoísta... porque eso está totalmente permitido... tener hijos también puede ser sanador. Hacer las cosas de una forma totalmente distinta a los propios padres y hacerse responsable de ello, romper con determinadas dinámicas. Y eres perfectamente capaz de hacerlo. No eres un niño, eres un adulto, puedes tomar las riendas. Cuando te miro, me parece evidente que estás mucho mejor que cuando éramos jóvenes. Sabes cuidarte muy bien. Es como si fueras mucho más dueño de ti mismo. Ya no tienes todos aquellos tics.

Esben sonríe un poco con la mirada clavada en sus sandalias.

—Me ha ayudado mucho escribir. Y tener a alguien con quien hablar de esto... también estoy mejor con mi madre —dice con voz queda—. Estoy mejor. Eso es lo que me jode. Estoy mejor, pero nunca dejaré de estar mal. ¿Y si tengo un hijo y le pasa lo mismo? Yo de niño lo pasé muy mal.

Ahora le sostiene la mirada.

—Te entiendo, es un dilema complicado —responde Gry—. Y habrá cosas que para ti serán más difíciles que para los demás. Y vas a tener que dormir —dice con vehemencia—. Pero eso no significa que no puedas ser un padre maravilloso. Y tus genes, tu química cerebral, también son una maravilla, ¿lo sabes? Y nos tienes a nosotros. Todos os ayudaremos. Puedes estar de bajona y cuidar de un niño a la vez que te esfuerzas por ponerte mejor. Cuidarías tan bien de un peque... Además, si lo pasara mal, nadie mejor que tú para entender cómo se siente. Y ¿quién sabe? Igual te toca un niño neurotípico aburrido la mar de básico.

Él sacude un poco sus manos entrelazadas.

—Eres como un campo de fuerza. Perdona que me ponga tan pesado.

No sabe qué decirle, así que le sonríe. No puede evitar buscar la ligereza, tratar de sacarlos del pozo; vuelve a adoptar una voz irónica con los brazos en jarras.

—A ver, no vamos a ponernos en plan el típico *millennial* que se piensa que todo es peligroso para los niños. Ahí nuestros padres fueron despiadados: ni nos ponían el cinturón ni nos mandaban al psicólogo. Y tan mal no hemos salido, ¿no?

Esben resopla, levanta las manos y las sacude como diciendo: «Más o menos».

182

Sylvia no sabe qué hacer, está inquieta. Se fija en una higuera algo alejada, con su corteza plateada y sus ramas regulares. Un árbol que pide a gritos que alguien se encarame a él. Le resulta fácil trepar, y eso que lleva un vestido largo; se sienta en la base de la copa, allí donde el tronco se bifurca y se convierte en ramas, bajo una bóveda de higos. *Es como en «La campana de cristal», piensa Sylvia, cuando la protagonista se sienta en una higuera y convierte cada fruto en el símbolo de un futuro posible, de una infinidad de anhelos.* Sylvia levanta la mirada; los higos aún están verdes.

Uno de ellos representa una familia, vestir a bebés con conjuntos monísimos de lana, darles el pecho, dormirse con la certeza de haber ganado seguridad y preocupación para toda una vida, de haber procreado.

Otro higo es una soledad digna, asumir las consecuencias de estar siempre en conflicto con todo y con todos, de quererlo todo, de elegir no participar, de retirarse del mundo, sentarse a un escritorio soleado y trabajar con seriedad, de forma estética, de dedicarse a otra cosa que no sea a tanto anhelo.

Un tercer higo es el sueño de una comunidad, de viajar, ¿a dónde? ¿A Berlín, a Nueva York? No mirar atrás, rodearse exclusivamente de princesitas trans y *drama queens* bisexuales, una vida con bares fetichistas y lecturas de poesía, donde la gente se saluda con besos en la boca y conoce a los vecinos. Que el escapismo se convirtiera en su cotidianeidad, en su barrio. Contempla ese higo con ansia. ¿No podrían Haya y ella hacer algo así, encontrar su propia patria en lugar de vivir en ese mundo cishetero?

Un higo es la huida, otro es Charlie, y otro, Esben...

Sylvia alza la vista y mira hacia el lago. Adam está nadando. Apoya la cabeza en el tronco para contemplarlo. Da largas brazadas que parecen muy profesionales.

¿Y por qué no? Otro higo representa a Adam, ¿cómo evolucionaría si estuviera con alguien como él? ¿Se volvería más segura, más a gusto en la normalidad, empezaría a seguir la actualidad, a sentirse sana, sólida, capaz, como un sujeto hecho y derecho de la historia mundial?

Pero en *La campana de cristal* es justo así, recuerda con un temblor mientras siente que se ahoga. La chica del árbol está condenada a morirse de hambre, a contemplar todos los higos con amor y confusión, sin ser capaz de elegir uno porque con ello descartaría los demás. Se queda paralizada mientras ve cómo se marchitan todos los higos mientras ella se consume también. Adam, el filósofo Bogart, diría que algo hay que hacer, elegir una posibilidad y ver qué pasa en lugar de quedarse parado e impotente.

Sylvia se acomoda en el árbol para no caerse y cierra los ojos.

¿Por qué parece que a los demás les resulta tan fácil conformarse con los higos que tienen?

Deja que las imágenes se sucedan en su interior mientras la luz del sol parpadea entre las hojas y se proyecta en sus párpados.

Da un respingo cuando una mano fría le agarra el pie.

Adam, empapado, está al pie del árbol.

—¿Qué haces? ¿Duermes?

—Soy Sylvia Plath.

—Baja.

Se desliza por el tronco con aire dramático y él la sujeta, la ayuda a llegar al suelo y no le suelta los hombros. *Qué alto es*, piensa ella, medio adormilada. Lleva un bañador y nada más, aparte del agua del lago que le relumbra en las mejillas. No sabe qué decir. Decide permanecer en silencio y ver qué hace él. Se espabila cuando él le apoya un dedo en el esternón.

—Déjate ya de mierdas deprimentes. Intenta leer libros que no estén escritos por autoras que se suicidaron.

Se estremece. Le encanta que le digan lo que tiene que hacer, aunque no la ayude a decidirse.

Él la mira desde lo alto.

—Piensa en plan normal —le dice él, despacio y claramente, antes de echar a andar hacia la casa.

—Adam. —Él se detiene y se gira hacia ella—. Te lo pregunto en serio: pareces siempre tan firme... ¿Cómo se hace? ¿Tú nunca te sientes jodidísimo y confundido y triste por dentro?

—No. Yo por dentro estoy en estasis.

Ella reflexiona.

—«Estasis» en griego significa «guerra civil».

—Lo hemos pasado genial estos días —dice Gry—. No podríais haberlo organizado mejor, ha sido una maravilla tener tiempo para estar juntos, ¡y qué tiempo estupendo hemos tenido! Y al final no pasó nada malo —añade, mirando a Esben.

A Sylvia el comentario le escuece, y entonces dice, en un tono más alto del que esperaba:

—La verdad, creo que tendríamos que casarnos todos, como dijo Haya anoche. Ojalá pudiéramos quedarnos aquí y estar siempre así, tener una relación más íntima y cercana.

Gry sonríe.

—Sí, me encantaría.

—Lo digo en serio. Me gustaría que volviéramos a estar todos juntos. Nos echo de menos. No quiero volver a la realidad. Yo no quiero conformarme con una vida pequeña y un piso y una sola pareja y niños y estrés cotidiano. ¿Y vosotros?

Nadie dice nada.

—¿En serio es lo que queréis? —insiste.

—Déjalo —la advierte Adam.

Sylvia tiene ganas de chillar. Están todos demasiado relajados. Se mesa el cabello, cierra los ojos. Ya no aguanta más.

—¿Por qué tenemos tanto miedo de nosotros? ¿Por qué marcamos tantos límites e insistimos en que el sexo y el amor, los amigos y las parejas, el amor y la pasión son cosas distintas? ¡Será posible!

Gry mira a los demás.

—Yo creo que lo que nos pasa, a lo mejor, es que estamos todos un poco cansados, hemos estado muchos días aquí apretujados —dice.

Charlie mira a Sylvia con el ceño fruncido.

—¿Es así como te sientes? —le pregunta en voz baja.

Sylvia alarga el brazo para tomarle la mano, pero Charlie se cruza de brazos y clava la mirada en la mesa.

—Yo creo que todo el mundo se siente así, lo que pasa es que nadie se atreve a hacer nada para cambiar las cosas. Si nos diéramos rienda suelta, creo que seríamos capaces de experimentar muchos tipos distintos de amor. Es pura tacañería… No, es algo más imbécil que tacañería: es un despilfarro de recursos. Podríamos vivir una utopía y elegimos esto. Lo único que se nos permite es

186

estar solos o con otra persona, que es lo mismo que estar solo. Y encima la gente es infiel, no hay nadie que no rompa las reglas. La monogamia es una religión cuyos mandatos nadie puede cumplir, pero que nadie se atreve a abandonar.

Se hace el silencio alrededor de la mesa hasta que Karen toma la palabra con una voz clara y tranquila.

—Si tuviera tanto sentido vivir como dices, ¿no crees que habría más gente que lo haría? Por algo será que la mayoría vive en pareja y forma familias nucleares...

—Es porque todo el mundo imita a los demás y sus reglas de cómo vivir —replica Sylvia.

—No es verdad —interviene Adam—. Ahora todos estamos liberadísimos, se puede ser tan *queer* y no-monógamo como se quiera. No es culpa de la sociedad que no todo el mundo se muera por follar contigo.

—Menuda heterosexualada total acabas de decir —le suelta Haya.

Sylvia cruza una mirada con él. Gracias a Dios que, por lo menos, Haya la entiende. Esben tiene cara de no ser capaz de entender lo que está pasando. Está quieto, en silencio, pero Sylvia se fija en una arteria que le late en el cuello y suaviza la voz para decir:

—¿Nunca habéis sentido cosas por vuestros amigos, sentimientos que no sabíais cómo gestionar? —dice Sylvia sin apartar la mirada de Esben.

—A mí me parece una idea bonita —empieza Esben.

—No —lo corta Karen, mientras pone una mano encima de la suya—. Yo no necesito más amor, más intimidad. No me hacen falta más emociones en mi vida, la verdad. Hay muchas otras cosas en las que me gustaría emplear mi tiempo y energía. ¿Por qué tiene que ser todo tan alternativo y complicado? Creo que no estás teniendo en cuenta para nada las consecuencias de poder estar con toda la gente que quisieras. ¿Por qué no dejas de obsesionarte con las relaciones amorosas y con lo que los demás hacemos con nuestra vida? ¿No puedes dedicar tu energía a algo de provecho?

Sylvia siente el impulso de chistarle, de decirle que no estaba hablando con ella.

—Me parece muy fuera de lugar que saques este tema ahora —dice Charlie. No mira a Sylvia a los ojos, sigue con la vista clavada en la mesa. Gry alarga el brazo para ponerle una mano en el hombro.

—A mí no me lo parece —dice Adam sin inmutarse—. Me parece de lo más estimulante. Muy infantil y poco realista, pero estimulante. Yo creo que no me importaría que Gry estuviera con otra mujer, pero...

—No me digas. Pues que sepas que eso es muy sexista —lo interrumpe Karen—. Es como decir que las mujeres no cuentan. Por esa regla de tres, bien podrías tú estar con otro hombre.

Adam se encoge de hombros.

Charlie se levanta y se gira hacia Sylvia.

—La gente normal se pone celosa si su pareja se va con otros. ¿No te parecería una locura que yo lo hiciera?

Sylvia mira hacia arriba.

—Pues no. Pensaría que es una suerte que haya más amor en el mundo. Y me parece pura avaricia que no seáis más generosos con los demás, que solo penséis en vosotros mismos.

Sylvia se ha dejado llevar por la ira, se siente justificada para echarles la bronca. No se da cuenta de que Haya trata de cruzar una mirada con ella mientras agita una mano ante el cuello, como diciendo «corta ya»; no se da cuenta de que Charlie gira sobre sus talones y se va. Karen sonríe mirando a su plato y, cuando levanta la vista, está pálida de ira.

—Sylvia, tú eres precisamente la persona más egocéntrica aquí presente. Si estás aquí es porque Esben y yo nos casamos mañana, ¿se te ha olvidado?

—Lo que pasa es que no nos dijisteis que veníamos a una boda. Para mí fue un chasco, la verdad. Muy predecible. —Entrelaza las manos—. ¿De verdad que esto es lo que queréis? ¿No queréis algo más?

—¿Y a ti qué te importa? —dice Karen—. Tú puedes hacer lo que quieras, nadie te lo impide, pero insistes en meterte con las vidas de los demás.

Me lo impides tú, piensa Sylvia, aunque se trata de algo aún mayor.

—El mundo entero me lo impide, lo sabes perfectamente. Claro que puedo salir por ahí a buscar gente con quien liarme, pero es que quiero a mis amigos, es a mis amigos a quienes echo de menos, por quienes siento quince años de emociones acumuladas. Pensaba que vosotros erais la gente con quien construiría una vida. No soporto esta falta de imaginación; se supone que podemos hacer lo que queramos, pero acabamos todos haciendo lo mismo. Cásate, ten hijos, pide una hipoteca. Seguro que ya estás embarazada y todo.

Cuando Karen la mira, parece dolida. ¿Será verdad que está embarazada? Sylvia no cabe en sí de asombro, aunque en realidad sabe que no tiene ningún mérito ser profeta entre gente tan predecible.

El aire es denso y quieto.

—¿Con cuál de nosotros quieres acostarte? —pregunta Adam.

—¡Cállate la boca! —le replica Sylvia mientras se cubre la cara con las manos y nota un ardor en las mejillas. De repente se siente harta de sí misma, de su cabezonería, de lo infantil que es, de pensar que está ahuyentando a sus amigos, pero, sobre todo, en realidad, de no poder explicarse de tal modo que la entiendan. Que entiendan que los quiere, que los necesita. Le gustaría tener más labia, poder embrujarlos a todos, convencerlos, pero eso no lo va a hacer con conceptos y teorías sobre el amor. Cualquier cosa que pueda decir en voz alta sonará a estupidez. En su cabeza lo ve todo clarísimo: lo mucho que le gustaría estar sentada en una terraza con Charlie, viejas, con ropa de punto, en paz, y niños, niños que ya se han hecho mayores y han empezado sus propias vidas. Seguirían teniendo una vida sexual fabulosa a pesar de la edad, del deterioro de sus cuerpos, un secreto dentro del tibio idilio lésbico: una vieja cómoda antigua llena de cuero, de cadenas, de dildos azul cielo, encantadas de follar hasta que no pudieran ni sentarse y luego salir a ver el sol ponerse tras los árboles. Pero antes de eso, una larga juventud abierta. ¿Querría poder despertar en otra cama, en casa de Esben y Karen, formar parte de lo que tienen ellos dos, despertar mientras aún duermen, ver el amanecer por la ventana de otra casa? ¿Conseguirían Karen y ella recuperar esa relación tan especial que tenían?

—No todo el mundo está cargado de complejos ni tiene mala conciencia, Sylvia, y es muy arrogante darlo por sentado —dice Karen.

—Es mucho peor que elijáis ser mediocres por vuestra propia voluntad. Estoy harta de vuestra heterobanalidad ecovainilla.

Sylvia suspira y se pone en pie. Tiene que salir a buscar a Charlie.

La encuentra junto al lago. Fumando. Hay algo en la cara de Charlie cuando se enfada, cuando se apena, que recuerda al rostro de un niño, en el mohín obstinado de la boca. Está más guapa que nunca, furiosa a la luz del atardecer, bajo la brisa. *La he dado por supuesto y lo voy a volver a hacer*, piensa Sylvia.

Charlie, que por amor finge tener la mecha corta, un temperamento despiadado cuando juegan, por una vez está furiosa de verdad. Ha tenido suficiente.

Una parte de Sylvia piensa: *Mátame en un ataque de ira, por favor, como si fueras Otelo. Este sería un buen lugar para acabar.*

Pero va a tener que hacer algo peor. Van a tener que hablar.

Sylvia tiene miedo de los sentimientos verdaderos de Charlie, tan puros y transparentes. La trama de Charlie es sencilla y clara, como una película de Steven Spielberg, mientras que ella anda perdida en capas y capas de ensoñaciones desacertadas, de abstracción al cubo, toda ella es una hipótesis.

Es inconcebible el miedo que han tenido siempre de hablar del futuro. De hablar de que Sylvia no se imagina en la única vida que quiere Charlie. Paz y orden. Y lo que han hecho ha sido distraerse con el mejor sexo que las dos han experimentado en la vida.

Charlie sabe lo que quiere. Es aterrador. Sylvia se lo ha pensado, ha dado vueltas y más vueltas hasta llegar a la orilla de ese lago.

—Charlie. —Sylvia se esfuerza por decir la verdad—. Te quiero.

La ira otorga un aire concentrado a la cara de Charlie, como cuando uno se lanza al agua fría y la piel se encoge.

—Pero prefieres una vida en la que puedas salir y follar y enamorarte de quien quieras.

Silencio.

—Sí. Para mí eso sería lo ideal. Pero contigo. Te quiero.

—Eso ya lo has dicho. Pero yo con esto no puedo. Ya sabes cómo soy.

—Sí. Y yo siempre volvería contigo. Construiría un hogar contigo y podríamos tener hijos, y yo estaría contenta y tranquila porque podría...

—¿Con quién es que quieres estar? ¿Es Esben?

Sylvia nota una ola de oscuridad que le recorre la cara. ¿Cómo lo sabe Charlie? ¿Lo saben los demás también? Se obliga a no pensar en lo vergonzoso que es, en lo ridícula que se siente. No le pregunta si acaso es tan evidente; algo de tacto sí tiene.

—Sí... Pero podría ser cualquiera —le asegura sin pararse a pensar si es verdad o si es una respuesta estratégica. Le parece un momento absurdo para empezar una lista de nombres.

Charlie la mira con incredulidad.

—¿Tienes idea de lo desquiciado que suena eso? Lo dices como si fuera de lo más normal: «Oye, por cierto, que quiero acostarme con otra gente». Es muy egoísta. Eres tan egoísta que no se puede aguantar. Y que sepas que, cuando follamos, en la vida no he conocido a alguien más estrella de mar que tú, no haces más que pedir y pedir y pedir, eres un pozo sin fondo.

Sylvia nota cómo la inunda la vergüenza. Creía que a Charlie le encantaba, que era así de entregada, que no lo hacía solo por pereza. Sylvia empieza a sollozar, ya no aguanta más.

—No puedo estar sin ti —dice.

—Ya, pero vas a tener que tomar una decisión. ¿Qué quieres?

— …

—Y que sepas que no tomar una decisión también es una decisión.

—Eso dicen, pero no es verdad. Una decisión es una decisión. La ambivalencia es la ambivalencia. Dudo de mí, es la única cosa de la que puedo fiarme, no puedo elegir algo con sinceridad, y ya sé que soy lo peor, y que mi amor no sirve de nada, y que…

—Para. Cállate de una vez. Elegiré yo por ti. En serio, eres la mayor embustera del mundo. De repente te inventas que tienes una perspectiva no-monógama de la vida porque te has enamorado de tu amigo, o descubres que te has enamorado de tu amigo porque en realidad nunca has creído en la monogamia. Y ni siquiera tienes idea de cuál es la explicación real y cuál es tu coartada. Y vienes a decirme esto a la cara como si no fuera de locos pedir permiso para estar con otra gente —dice Charlie con frialdad. Entonces se ablanda—. Escúchame. Yo también te quiero. Te quiero muchísimo. No quiero otra cosa que estar contigo toda la vida. Pero estos días aquí con los demás, veo a Esben y a Karen, que se van a casar, que se eligen el uno a la otra, y sé en lo más profundo de mi ser que tú nunca me querrás así. Y no puedo echar mi vida a perder. Quiero formar una familia, quiero a alguien que quiera construir un hogar, una vida conmigo. Y tú nunca me elegirás a mí y te conformarás con eso. No te comprometerás. Creo que ni siquiera lo harías si tuvieras permiso para tener tus

193

aventurillas al margen o lo que sea. Y yo necesito a alguien que me elija por encima de enamoramientos ridículos y fantasías. Yo quiero a alguien que me respete.

POR LA NOCHE

Gry le acaricia el pelo a Charlie. Ha llorado mucho y se duerme rápidamente, con la típica pesadez que envuelve al cuerpo tras una llorera. Gry nota el calor que desprende Charlie, que tiene las orejas coloradas y húmedas, es calurosa como un chiquillo y, en un gesto que ha repetido mil veces, le acaricia el pelo una y otra vez.

Charlie estaba dispuesta a marcharse con el coche, y Gry se opuso con decisión.

—Dame las llaves. Te entiendo perfectamente, pero no puedes subir al coche con las cervezas que te has tomado.

Se han tumbado juntas en la habitación que comparte con Adam y los niños. Un rato antes, Gry tenía a Sylvia agarrada por los hombros mientras le decía que todo iría bien y Sylvia lloraba, necesitada de consuelo, y Gry y Haya le aseguraban que no era para tanto, que ya verían por la mañana, que esta noche Charlie podía dormir en la habitación de Gry y Adam. «¿Verdad?», ha preguntado Gry a Adam con una mirada resuelta.

—Ningún problema, yo me voy a dormir con Sylvia —le ha dicho, y ella le ha dado una colleja y con la otra mano se ha tapado la boca porque no podía parar de reír. Adam le ha agarrado la mano. Dormirá en el sofá y se encargará de fregar los platos. Karen y Esben ya se han acostado.

Gry se siente muy orgullosa de cómo ella y Adam han puesto orden incluso después de la bomba que ha estallado. Y, la verdad, qué momento más inconveniente, la noche antes de la boda. Eso mismo ha repetido Charlie varias veces mientras lloraba tumbada junto a Gry.

—¿Cómo puede decir esas cosas? ¿Cómo se le ocurre decir algo así... delante de todos... en ese momento?

Y Gry, ¿qué piensa? Opina que Sylvia ha actuado con torpeza, sin escrúpulos, pero no está enfadada. No mucho. No puede dejar de pensar que a ella también le gustaría soltarse un poco. ¿Es una persona celosa? No le parecería mal que Adam estuviera con otras. Tampoco le importaría hacerlo ella. Mientras sepan que son una familia y que la cosa no irá a mayores... ¿Qué tienen que perder? Es una idea excitante. Le dan ganas de agarrar el coche y marcharse de allí con Charlie. Y volver cuando los demás se hayan aclarado. Nota el peso, el calor de Charlie, se deja envolver por él. Quizá no sea el momento, ahora que tiene el corazón roto.

¿Y Adam? ¿Qué haría si tuviera esa libertad? ¿Elegiría a Karen? Nota un aguijón, le dolería, la haría sentir inferior. Pero no por el hecho de que Adam se acueste con Karen, sino porque ella nunca será como Karen.

Se da cuenta de que Charlie ya duerme profundamente, hay algo grácil en la forma en la que el cuerpo se relaja y se vuelve pesado. Es muy agradable estar tan cerca de ella, de Charlie, tan fuerte y tan vulnerable. Gry cierra los ojos. Ella también está muy cansada, qué bien cuidan los dos de los demás, ahora pueden tumbarse y estar un poco tranquilas.

Adam friega los cacharros mientras el resto de la casa ya está acostado. Haya se pone a su lado y empieza a secar platos y vasos. Ninguno de los dos habla, absortos en la tarea.

A lo mejor si hablan se le pasará, descubrirá que todo son imaginaciones suyas. Se dará cuenta de que Adam es huraño, altivo, que Adam no está mal, pero que está lejos de ser la persona que ha construido en su cabeza. Haya vacila un momento mientras seca un plato.

—Bueno, menuda es Sylvia —dice.

—Ya te digo.

—Tiene un olfato tremendo para el drama.

Adam deja un plato limpio en el escurreplatos y esboza una sonrisa.

—A mí me parece maravilloso.

Haya lo mira, perplejo.

—Bueno, ¡sí! Pero… ¿cómo? ¿Eso crees?

—Es genial que se atreva a confesar que se le va la olla, tener el morro de decir que quiere tenerlo todo en lugar de hacerse la fuerte y fingir que lo tiene todo controlado. Nadie más hace cosas así.

Haya nota un pinchazo. ¿En serio? Él tiene una vida interior bastante histérica, ya puestos. Pero ha optado por la sutileza y se ha metido en un callejón sin salida. Seca otro vaso, pronto van a terminar.

—¿Nos fumamos un piti? —Haya intenta hablar con naturalidad—. Para relajarnos.

—Claro.

Adam responde con parquedad, apenas un gruñido de acuerdo. Se seca las manos y sale a la terraza, pero no se detiene allí, se dirige al bosque, al claro. Y Haya lo sigue.

En la iglesia del bosque, Adam se sienta en el primer banco. Enciende dos cigarrillos y le pasa uno a Haya, que aparta la mirada. ¿Cómo se las arregla Adam para que le funcionen todos los tópicos? La mirada expectante que posa en él lo hace sentir como si estuviera en un escenario. Tiene el roble justo detrás. *Dame fuerzas*, piensa. Ahí la oscuridad es más densa, los saúcos los ocultan, la luz de la luna y los últimos rayos de sol desapareciendo tras el horizonte en un... ¿cómo se llama?, en un crepúsculo civil.

—Bueno, a ver, ¿qué quieres?

Adam lo mira sin decir nada más.

Haya siente que le fallan las piernas. ¿Qué debe responder? ¿Qué debe hacer? ¿Qué quiere?

—¿Qué quieres decir?

—Es que te comportas como si quisieras algo.

Ay, joder. ¿Adam se ha dado cuenta? Quizá Haya le ha lanzado alguna miradita demasiado elocuente. Nota que el rubor le colorea las mejillas, se mira el cuerpo, la camisa transparente, ¿se le ha puesto rojo el torso entero?

Adam se levanta. ¿Se dispone a marcharse? Haya siente alivio. A la vez, una parte de él no quiere que se vaya.

Pero Adam no se va, se queda ahí plantado, en silencio, luminoso, cruel.

Haya se concentra en su respiración. En la hierba que pisa. La brisa del lago es fresca, le hormiguea en las mejillas sonrosadas. Tal vez sea mejor así, que Adam se lo note, que lo sepa, seguro que lo sabe y, además, Haya es incapaz de expresarlo en palabras, tiene calor, está apabullado. ¿Qué hace Adam ahí plantado? ¿Por qué no se vuelve él a la casa? Pero se queda ahí, sintiéndose imbécil.

Por favor, susurra una voz en su interior.

Y de repente, la brisa que mece el bosque lo recorre, acaricia sus nervios de punta, su autocompasión, y le dice: «A ver, si no eres tú el sueño de una noche de verano, ¿quién lo es?».

Como si alguna vez se le hubiera dado bien lo de calcular los riesgos.

Hay que pasar a la acción. Como Bogart, como Puk. Todo se reduce a una sola cosa:

Algo hay que hacer.

Haya alarga las manos con las palmas hacia arriba. Como diciendo: Aquí tienes un ofrecimiento.

Y el claro se ensombrece, la noche de verano está por todas partes, la madreselva silvestre con sus colores crepusculares y su olor más intenso al anochecer los envuelve como diciendo: Esta es una oferta que no se repetirá.

Adam le toma la mano.

Haya pone el pulgar sobre el dorso de Adam, una levísima presión, con toda la ansiedad acumulada en el punto blando entre el pulgar y el índice; no es un apretón de manos, es una caricia, y se acerca un paso más.

¿De dónde sacará el valor?

Toma aliento e inspira el bosque, se llena los pulmones de saúco.

Pone una mano sobre el pecho de Adam, donde tiene la camisa desabrochada. El antebrazo roza la tela de algodón, las puntas de sus dedos le tocan la piel caliente, que parece fría con el aire vespertino.

Adam tiene el aire de superioridad habitual, pero la expresión de su rostro parece abierta. Haya diría que pregunta: «¿Qué quieres? ¿Quieres besarme?».

Con su propia cara, Haya trata de expresar: «Me gustaría que nos besáramos (pedazo de imbécil)».

Pero no puede ser. Tiene que empezar él.

¿Se atreve?

¿Qué es lo peor que puede pasar?

La humillación eterna.

Se atreve.

Se inclina hacia delante, el aire vespertino que los separa desaparece, besa a Adam.

Haya tiene los labios suaves, algo vibra en su interior. Huele a algo especiado. La sensación es enloquecedora. Adam le sostiene la cara, percibe el tacto de sus pómulos y sus rizos en la palma de la mano. La parte masculina, la parte suave, la parte angular, es mejor de lo que creía.

Es algo nuevo.

También es algo nuevo dentro de él.

No tiene ningún problema con la homosexualidad, pero siempre había creído sin lugar a duda que le gustaban las mujeres.

Pero esto es una excepción. Con Haya, todo es una excepción.

Como una luz que se prende, primero tan titilante que no podía ni ubicarla y luego cada vez más fuerte.

Le agarró la mañana en que se encontró con Haya en el lago, cuya superficie reflejaba la luz matutina como en un retrato de la Edad de Oro de una de las criaturas que Gry se dedica a investigar. Una imagen que daban ganas de destruir. ¿Y quién diría que el agua está «fresquita»? Adam se metió en el agua de un salto y, en el camino de vuelta, se fijó en Haya, en la parte que no cubría con su expresión hosca, como si todo aquello fuera suyo. Y costaba no fijarse en él con detenimiento, en su pecho sumergido, el pelo mojado. La boca, ese mohín que esboza siempre.

Adam no ha podido ignorarlo. No ha podido salir del agua. Es una orientación clara, una brújula muy sencilla. Con una polla tiesa no se puede discutir; siempre tiene razón.

Ha tratado de hacer que se le pasara, leyó que cualquier erección desaparece por sí misma si se contiene la respiración más de treinta segundos, así que se ha metido bajo el agua de cabeza. *Saldré cuando vuelva a ser hetero.*

No ha funcionado.

Se ha quedado flotando en el agua. Ha intentado entender qué le pasa, pero, en realidad, ¿qué hay que entender? Adam no pierde el tiempo engañándose. Así son las cosas. Por lo que parece.

Y ahora tiene los dedos enterrados en el pelo de ese chico tan guapo. Tiene la piel caliente, como si estuviera ruborizado de la cabeza a los pies, Adam respira a través de él. Sus párpados dorados y pesados. Es totalmente embriagador.

Y también es, estrictamente hablando, una infidelidad.

Pero... él no se iría por ahí con cualquiera. Él ni siquiera quería irse a ningún sitio. Una cosa llevó a la otra. Él nunca hubiera engañado a Gry con Karen, con Sylvia, se le antojaría criminal. Tampoco hubiera valido la pena,

201

porque las amigas de Gry le recuerdan muchísimo a ella. Y, sin embargo, es la más guapa, la mejor de todas. No duda en absoluto de que la quiere. Se la quita de la cabeza. Lo de Haya es otra historia. Es, y punto.

Seguro que los demás dirían que se lo permite porque Haya es un hombre, porque Haya es trans, que debe de ser algún tipo de fetiche.

Pero no lo es.

Es porque él es exactamente igual que Haya.

Tiene ganas de agarrarlo fuerte. Esto no tiene nada de teoría, no va de «identidad de género». Es algo físico y, por lo tanto, real.

Adam apoya un pulgar en la barbilla de Haya, le abre un poco la boca, lo suficiente para profundizar el beso, y él responde con un ruidito que significa «sí».

Le sienta bien hacer algo, sentir algo tan real. Adam lleva varios días sumergido en una velada constante llena de conversaciones sobre el amor y las relaciones y lo que se puede y no se puede hacer, abstracción pura que trata de abrirse camino por un cenagal de dudas y chorradas revolucionarias. Charleta de salón, ¡ja!, de lo más radical. Pero a ninguno de ellos se le ha ocurrido hacer algo en serio. En cierto modo, está de acuerdo con Sylvia, tiene ideas bastante interesantes, pero no son ningún motivo para sumirse en una crisis de identidad. Ni para obsesionarse con ellas. Y mucho menos aquí, en la casa de verano, y delante de su novia, no son ningún motivo para montar un numerito.

Pero ahí estaba Haya (Adam cierra el puño alrededor de un buen mechón de pelo, tironea un poco). Parece otra vida.

Hace un par de días que Adam se escapa para sentarse en el coche, necesitaba un descanso de todo aquello, de mirar el teléfono, de estar consigo mismo, de leer un poco en paz, *The Economist*, lo que sea, pero lo que ha hecho ha sido buscar el Instagram de Haya: un perfil abierto y un millar de *selfies*, faltaría más, tan monísimas como exasperantes. La forma en que pone morritos. Una languidez perezosa en la mirada que parece provocativa, deliberada. No podía hacer otra cosa que cambiarse el teléfono de mano.

Y luego hizo una carrera rapidísima, dio toda la vuelta al lago en un tiempo fantástico. Furioso y perturbado por tener que gestionar aquella luz que no paraba de aumentar. Trató de ignorar a Haya y entonces Gry los mandó a buscar flores de saúco, le pidió a Haya que fuera a por bebidas y a estorbarlo mientras preparaba la cena, lo obligó a dejarse maquillar por él, de verdad que no tiene ni idea de lo que le ha estado haciendo.

¿O sí?

Es como si hubiera despertado. También deseaba más a Gry, la hizo ponerse encima, a ella le encantó.

Y, de repente, Sejr desapareció y Adam estuvo a punto de venirse abajo. Cuando lo encontraron, lo tuvo muy claro: la vida puede cambiar en un instante, es algo precioso, un regalo brutal que hay que aprovechar. Adam tiene claro que quiere cuidar de su familia. También tiene claro que quiere vivir la vida al máximo.

Incluso antes de eso, una percepción aumentada se apoderó de él: a medida que pasaban los días, empezó a fijarse en cómo Haya se movía por la habitación, por el paisaje. Cómo salía del lago reluciente de agua, cómo va siempre medio vestido, como si se le fuera cayendo la ropa.

Con cuidado, Adam le muerde el labio a Haya.

Claro que en él hay mucho de postureo, pero Haya es diferente de verdad, es una criatura, un ser único. Tiene algo indefinible que le resulta tan familiar como extraño y descarnado. Haya, que no se calla nunca, pero a la vez tiene algo profundo, por más que trate de distraer la atención de los demás de ello. Él sí que es una distracción, se mire como se mire. Como la escenita de la salsa holandesa. Lo de pringarse de cangrejo. Lo de regarse con zumo de melocotón...

A Adam se le escapa una sonrisa sin interrumpir el beso.

Haya es como de otro mundo, irreal, o demasiado real. Es como si hubiera abierto un espacio, en el bosque, dentro de él, una realidad paralela. Adam lo quiere tal como está.

Lo agarra del bíceps y Haya se pone derecho, lo mira, con aquellos ojos de miel. Parpadea. Está muy lejos de aquí.

—¿Qué? ¿Por qué sonríes?

En serio, es como si estuviera esmaltado. Adam nota un escalofrío que le recorre la columna vertebral, nota que se le pone dura.

—Pensaba en cuando te has pringado de zumo de melocotón.

A Haya se le ilumina la mirada.

—¿Te has fijado?

—Es lo que querías, que me fijara —responde Adam.

Haya agacha la mirada.

Adam ya no puede controlarse.

Le extraña un poco que a Haya no parezca importarle.

Le gusta no saber cuál va a ser el siguiente paso. Se han salido del guion.

Cada caricia es una novedad.

Como la conquista de un territorio. La conquista de Haya, claro, pero también de algo dentro de sí.

Es algo que tiene que hacer.

Sylvia está desquiciada por la falta de sueño, tiene la pena alojada en el cuerpo, tiene los ojos irritados de tanto llorar, y se le ha enrojecido la piel del pecho. Le duele, pero es un sentimiento sincero e intenta aferrarse a él antes de empezar a darle muchas vueltas, a embellecer su estado de ánimo. Se ha sentado un rato en la cocina, donde hay una luz gris y nueva porque la noche quiere convertirse en mañana, y aquella luz pura y tempranera le recuerda a Karen, tan elegante, tan controlada.

Sylvia piensa que es ridículo, que es una suerte, que en el ritual danés del matrimonio no incorpore el momento en el que se hace una pausa dramática, una posibilidad, como en las películas de Hollywood: «Habla ahora o calla para siempre». La oportunidad de decir algo, la oportunidad de que se levante la *drama queen*. ¿Y para qué? ¿Un final feliz, un final infeliz, un final abierto?

Oye pasos por la escalera, se pone una coraza sobre los nervios, se traga las lágrimas, se las guarda en lo más profundo del pecho.

Esben abre la puerta. Le sonríe. Ella saluda con la mano sin decir nada.

—No podía dormir —aclara él y, por suerte, no le pregunta qué hace.

Su presencia la confunde y la alivia a la vez, verlo allí, bajo esa luz gris, debe de ser una señal. Por una vez se lo piensa dos o tres veces antes de actuar.

Que no pare. Haya nota que los dedos de Adam, más suaves de lo que hubiera imaginado, se le pasean por el cuello; mientras lo besa, nota a Adam por todos lados, su lengua, las manos calientes, ásperas sobre la piel fina del cutis, los dedos que llegan al nacimiento del cabello y se le meten entre los rizos mientras el beso se vuelve más intenso, Adam lo agarra más fuerte, lo atrae hacia él y él se deja, se derrite, suspira. Se echa un poco hacia atrás y le lame el labio superior.

Haya se da cuenta de que a Adam se le pone dura. Se arrima más, pega su cuerpo al suyo, no da crédito: *¿Me desea?* Nota que Adam sonríe con la cara enterrada en su pelo, es una sensación embriagadora, pero Adam le pone una mano en el muslo para atraerlo hacia él, como si no le importara que Haya note su polla contra la barriga.

Sigue siendo un imbécil.

Haya lo mira a los ojos. Le desabrocha los vaqueros.

Se arrodilla entre las matas de saúco. Las flores blancas relumbran en la oscuridad bajo la luna en cuarto creciente. Con los mirlos como coristas. Juraría que hay ruiseñores en el bosque, la sangre le retumba en los oídos; un segundo para respirar, para mirarse a los ojos, antes de meterse la polla de Adam en la boca y descubrir que es sólida y perfecta. Que sabe a él. Lo lame despacio, lo disfruta, quiere que Adam se dé cuenta de que lo disfruta. Duda de si tendría que haberse hecho un poco más el vergonzoso, hacer justicia al rubor, pero ya está de rodillas, con el pelo alborotado, con hambre, ya es tarde para eso, así que decide mostrar toda su ansia, se lo traga todo, sin ningún cuidado, babeando, es bochornoso, pero funciona; nota que la erección de Adam crece en su boca, se pone más dura. Adelante, pues. Haya jadea, gime, se deja colmar, se pierde. Se vienen arriba juntos, dejan atrás los días pasados. Están aquí y ahora. Esto no puede parar. Haya se da cuenta de que es él quien marca el ritmo, baja la velocidad, llega a una lentitud exagerada, lo alarga, contento de tener por fin un poco de control, con lo peñazo que ha sido Adam. Es lo bastante rencoroso como para interrumpir el contacto, con un hilo de saliva conectando su labio inferior y la punta de la polla mojada, que debe de notar el aire fresco de la noche, con la sangre caliente bajo la fina capa de piel. Haya casi se compadece de esa polla friolera, pero entonces Adam la entierra en su boca con un tirón impaciente en el pelo. Le acaricia el cuello con el pulgar, casi como una disculpa y a la vez, un mensaje claro: «Esto se acaba cuando yo lo diga», y a Haya se le llenan los ojos de lágrimas, es un acto reflejo, pero hay algo más. Los ruiditos húmedos; labios, lengua, saliva, polla; los mirlos; piensa alargar este momento todo lo que pueda; y las manos de Adam en el pelo, sus jadeos ásperos, como si algo se hubiera abierto dentro de él.

Esben se sienta y la observa. Sylvia aún nota el fantasma de su mano en la clavícula de cuando la ha apartado. No ha sido un gesto brusco, pero su significado es inequívoco. Le quema la piel. Sylvia trata de agarrarle la mano, pero él se aparta, se tapa la cara. Se hace el silencio. Entonces la mira.

—¿Tienes idea de lo demencial que es decirle algo así a alguien el día de su boda? Decírselo a cualquiera ya sería una burrada, pero es que sabes cómo me afectan a mí las cosas. Eres una narcisista de cuidado.

Sylvia siente que todo se desmorona.

—Perdona. Es que... pensaba que tenías que saberlo. Tú mismo dijiste que sería muy bonito vivir de otra manera, si se pudiera. Y la casa de Selma Lagerlöf...

Él la contempla unos momentos mientras inspira muy despacio. La suavidad de sus palabras es dolorosa.

—Creo que todos estamos de acuerdo en la definición del sufrimiento. Estás sufriendo, hay cosas que anhelas, como nos pasa a todos. Pero no tienes vergüenza ninguna, no has reflexionado para nada sobre lo que quieres. No hay ninguna perspectiva vital detrás, lo tuyo es un flechazo puro y duro, Sylvia, es una huida hacia delante. No le sirve a nadie más que a ti. Ni siquiera a ti te sirve de nada.

De nuevo se lo imagina vestido de sacerdote, con su semblante digno y respetable. Al mismo tiempo, no entiende de qué le habla. Él continúa con voz queda:

—Te has convencido de que te importo, pero no soy más que un elemento en tu psique, y eso me resulta muy doloroso.

Sylvia siente como si cayera. La manera que tiene Esben de dar un paso atrás y preguntar: ¿es esto toda la verdad? No, por supuesto que no. Todo es más complejo y menos fascinante de lo que crees, ni siquiera has rozado el verdadero sufrimiento.

Lo absorbe todo como una regañina, una lección que tiene que aprender.

Se siente como si fuera a desplomarse y morirse. No, la caída no será fatal. Se creía Ícaro, que voló demasiado cerca del sol, arrogante, trágico pero magnífico. Y ahora de repente se siente como una polilla que se choca torpemente con una bombilla.

Cuesta imaginarse a Esben perdiendo los estribos, tan templado, tan callado; se había enfadado con ella alguna vez, pero nunca en serio. ¿En serio es todo tan sencillo? Se va a casar, Karen lo hace feliz y no hay nada que hacer. En el fondo sabe que es por eso que lo ama, no por su gama cromática ni por su inteligencia, sino por su seriedad, su dignidad, la forma en que se compromete (con su trabajo, con Karen). Quizás es que ella sueña con ser así. Se da cuenta de que lo respeta mucho más a él de lo que se respeta a sí misma.

—Solo quería que lo supieras. Por si tú sentías lo mismo.

Se hace el silencio. Esben se contempla las manos.

—Pongamos que le digo a Karen que no puedo casarme con ella. Que la dejo para que tú y yo podamos estar juntos. Este grupo de amigos se rompería, pero pongamos que lo hacemos. Y tú y yo construimos una vida juntos. Solo tú y yo. ¿Es lo que quieres? ¿Me elegirías a mí? ¿Es esta la vida que quieres?

¿Es lo que quiere? Se siente extraña en su propio cuerpo. Tendría que notar un subidón, pero es como si estuviera hecha de piedra.

—Yo… quiero una vida en la que haya espacio para… más vida.

Él encoge las manos, Sylvia se da cuenta de que es verdad, de que tiene razón, de que no deben hacerlo, de que lo que ella quiere no está oculto dentro de Esben.

¿Y si es verdad que no está dentro de Esben, y si es algo que solo va a encontrar dentro de ella misma?

Se siente vacía.

Se libera.

—Para. Levántate.

Haya se queda paralizado. Obedece a Adam a regañadientes. Se quedan en silencio un momento. ¿Qué pasa? ¿Ha hecho algo mal?

¿En serio cree que es el momento de arrepentirse? Adam manosea los botones de la camisa de Haya, como si quisiera ganar tiempo.

—No sé si...

Tiene que ser mentira, joder.

¿Ahora le entran los escrúpulos?

Haya está a punto de hacer una salida dramática de aquel claro.

Adam le lanza una mirada interrogativa con las manos cerca de la cinturilla de los vaqueros de Haya.

Entonces lo entiende. Sonríe. Se apiada de él.

—Adam, ¡so burro! Claro que puedes tocarme. ¡Por todas partes! ¡En el coño también! Joder, será un placer.

Adam lo empuja contra un árbol y Haya no puede parar de sonreír ante ese lado animal que tiene. Sonríe también porque Adam le da tirones en la camisa de botoncitos forrados y la tela delicada protesta ante ese trato.

—Hazlo sin pensar —dice Haya—. No tengas miedo de ser un tópico.

Adam le abre la camisa de un tirón, parece divertido. Entonces se quita la camisa por la cabeza.

—Esto también fuera —le dice, y Haya se desabrocha los vaqueros y los lanza lejos. Se queda desnudo y Adam lo levanta para empujarlo contra el árbol. Es un gesto que es pura chulería, pero muy placentero. Siente la corteza tras la espalda, envuelve a Adam con brazos y piernas, se siente ingrávido, atrapado, libre...

—Por favor...

Y Adam se le mete dentro, se lo folla despacio, a fondo. Haya está mojado, totalmente sumergido en el momento. La corteza áspera le araña la espalda. Qué se le va a hacer, tendrá que acordarse de no ponerse ropa transparente para la boda. Ahora mismo le da bastante igual todo lo que no sea este momento, lo que está pasando tras estos días imposibles. Adam lo tiene sujeto contra el roble, no puede hacer nada más que entregarse. Entregarse a él, a Adam.

La verdad, ni siquiera pensaba que le caía bien.

Haya echa la cabeza hacia atrás para apoyarla en el tronco, mira a Adam de reojo, tiene los ojos cerrados, es guapo de una forma que resulta hasta casi delicada, los cabellos claros empiezan a pegársele en mechones empapados a la frente, tiene la piel enrojecida por el esfuerzo, por la excitación.

¿Es a Adam a quien deseaba en realidad?

Por supuesto. Parece un dios, lo llena de una sensación divina.

Pero ¿acaso no lo atraía también la idea de embrujar a una piedra, de ver cómo funcionaba el encantamiento?

Se siente tan bien que le entran ganas de echarse a reír.

El pecho se le hincha de alivio, de triunfo, como si fuera a amanecer en su interior. Haya lleva tanto tiempo en tensión que ya nota los primeros rayos de luz, apenas puede controlar sus movimientos, las sacudidas, los jadeos, los gemidos, suerte que Adam lo tiene bien agarrado.

Empieza a moverse más despacio, ¿lo hace queriendo, se ha dado cuenta de que Haya ya está a punto? Un gruñido de esfuerzo.

—No, tengo que bajarte.

Ah, es que está cansado. Haya lo mira desde arriba, se seca el sudor de la frente con el dorso de la mano.

—Pero con lo que te has esforzado...

Adam resopla y lo deja en el suelo.

—Date la vuelta. —Adam ya le ha agarrado las caderas para ponerlo de cara al árbol. Sigue una exclamación de sorpresa cuando Adam descubre la espalda llena de arañazos. Se los acaricia con cuidado, escuece, y entonces Adam se inclina hacia él, nota su pecho, un calor envolvente sobre su espalda dolorida y quejosa.

Es como en su fantasía. Se quedan así un largo momento mientras respiran. Adam lo abraza, nada más. Sus brazos fornidos sacan a relucir las horas de piscina, una fuerza serena. Haya se deja envolver, apoya la frente en el árbol y se le llenan los ojos de lágrimas. Parpadea para enjugarlas, no llora porque le duelan los arañazos. Algo se ha soltado, se ha aflojado en lo más profundo de su pecho.

Una gran ola negra choca con la euforia, hay dolor, pero también un sentimiento aún más violento, se obliga a quedarse ahí, jadea.

Quiero esto. Y mañana también lo querré. No sé seguro si lo conseguiré, pero es algo nuevo, me parece demencial querer esto y nada más. Quizá sí que quiero convertirme en el problema de otra persona. El momento se alarga, se mece en su interior, tiene que aprovecharlo mientras dure. Resopla.

—¿Estás bien? ¿Te duele? ¿Me he pasado?

Haya se gira para mirar por encima del hombro y dedicarle una sonrisa sin aliento, espera que las lágrimas lo hagan brillar, que le den un aire desvergonzado, gozoso.

—No, está fenomenal. No pares.

Adam lo mira expectante.

Haya respira por el abdomen.

—Sigue, por favor —susurra.

—¿Quieres más? —pregunta Adam.

¡Por Dios!, piensa Haya con un suspiro interior, Adam mantiene el cuerpo pegado al suyo, un peso cálido, una conexión mientras se lo folla, más duro. Haya se dice que deben de estar soltando vapor, se arquea contra la corteza del árbol, jadea al ritmo de las embestidas, está cada vez más cerca. No puede ni hablar con coherencia, emite ruiditos entre dientes. Cierra los ojos, trata de controlar esa fuerza que quiere que su cuerpo se venga abajo, apoya la mejilla en el árbol, en el brazo de Adam, gime y un universo radiante se despliega detrás de sus párpados.

Se corre, ahoga un grito de entrega con la boca contra el antebrazo de Adam; el bosque verde y susurrante se cierra sobre él, sobre ellos.

Jadea para recuperar la respiración, trata de llenarse los pulmones de aire hasta el diafragma que no deja de temblar, nota la corteza aún más áspera en la espalda, podría desmayarse aquí mismo.

Entonces Adam le da la vuelta y se apoya en Haya, bombea un par de veces con la mano.

—¿Dónde? —pregunta con voz ronca y agitada.

—Joder, por todas partes —responde Haya con una sonrisa y la voz débil. Con un gesto desmadejado, cierra los ojos.

Adam se deja caer encima de él, suelta un gruñido contenido y entonces nota un chorro cálido que aterriza en su pecho y luego el frío cuando empieza a resbalar. Adam se arrodilla delante de él, acerca la cara a su abdomen, toma aire. Haya mira hacia abajo, se mira el pecho, la barriga, reluce de rubor y de semen. Entonces Adam se deja caer en la hierba y tira de Haya para que caiga a su lado. Respiran despacio, pesadamente. Se ve ahí tumbado, en sus brazos, cosa que no suele hacer con nadie. Es una sensación tan reconfortante como aterradora. ¿Qué está pasando, qué ha pasado? ¿Qué era esa ola oscura que lo ha sacudido? Haya murmura para sí, turbado.

—No tienes que estar siempre tan solo...

Nota que Adam se tensa. Haya quiere explicarse, aclarar que no se refería a él. Pero entonces Adam lo abraza más fuerte. Y no es suficiente. Con aire tentativo, Haya pasa una pierna sobre el cuerpo de Adam, luego un brazo, lo abraza, nota que Adam se relaja, casi se diría que le tiembla un poco la respiración.

Sienten el aroma de la hierba sobre la que yacen. Ha bajado la temperatura. Adam agarra una pieza de ropa con la mano que tiene libre, le ofrece su jersey, algo se ablanda en Haya cuando se da cuenta de que a Adam le da igual que le pringue el jersey. Pero hay una parte de él que también está cabreada. Típico de hombre cis: como solo pueden correrse una vez, creen que el espectáculo termina con el marcador 1-1.

Haya le pone una mano en la mejilla.

—Aquí se acaba cuando yo lo diga.

Sylvia se siente vacía. Es como si toda la música hubiera enmudecido. Tanto las notas delicadas como de ensoñación y la música amenazante de fondo que siempre le hace sentir que su vida es un musical del que ella es la protagonista, que enseguida llegará una escena que levante los ánimos. Se da cuenta de que ella era la única que oía esa música. Se da cuenta de que es ridículo. De que los demás viven en otra película, una más realista, una en plan dogma, no, los demás viven en la realidad, un desierto, se da cuenta de que ella es la única que imaginó una utopía de sueño de una noche de verano. Y ahora se lo ha cargado todo y en su interior no queda más que silencio. Y el lago está en calma, vuelve en sí mientras la mañana se torna más luminosa.

Se acerca al agua. El agua que refleja el amanecer no está fría, hace más frío fuera. Se mete en el lago, trata de no perturbar la superficie lisa, ya no quiere perturbar nada más, está cansada de ser imposible, de tratar de conectar con los demás, de abrirse camino por el bosque rompiendo ramas a diestro y siniestro, se acerca a los juncos, hacia el reflejo de las lobelias suspendidas en el aire, nota los dientes de león bajo sus pies.

Se mueve despacio, con cautela, no quiere destruir nada más. Está cansada. Cansada de sueños, de intentar ser encantadora, de que el mundo no tenga ningún interés en corresponder a sus esfuerzos. Nunca superará la humillación de haber sido tan engreída, de creer que era posible, de tener un corazón tan fogoso. ¿Por qué no es capaz de entender los matices sociales e imitarlos? ¿Por qué no puede comportarse como una persona normal?

Los otros no se mueven por el mundo con tanta torpeza como ella, pueden imaginarse cuidando a los niños de los demás, pero no necesitan desplegarse en una explosión de amor, no necesitan forzar a otra gente a hacer lo mismo. Han dormido tranquilamente toda la noche.

Ha contado la verdad y no recibirá recompensa alguna. No le queda nada. Lo único que tiene que nadie pueda quitarle es un umbral del dolor bastante alto, un buen olfato para el drama y sus anhelos. Sabe que está hecha de anhelos, es su ingrediente principal, es capaz de vivir con la lujuria como ascendente un momento y que la embargue la tristeza al siguiente.

Se tumba sobre la mata de flores blancas y azuladas que se mecen, le pesa el camisón, tira de ella hacia abajo, se le mete el agua en los oídos, la indiferencia total del lago es un consuelo ridículo; el agua fluye sin más a su alrededor, puede quedarse ahí flotando entre los juncos y fluir ella también, soportar el peso de su corazón porque no puede pedirle a nadie más que lo haga. Pero pesa tanto… y a la vez es demasiado liviano, se inflama con demasiada facilidad, quiere ir a todas partes, no distingue entre sueño y realidad.

Ya no puede más.

Sylvia, la *drama queen* del grupo, ¿tiene intención de ahogarse?

Se queda ahí un rato más con los ojos cerrados. Entonces gira la cabeza y mira a cámara, muestra toda la ironía que no está apesadumbrada por su pena humillada:

—Yo no voy a hacer de Ofelia… Voy a quedarme aquí hasta desangrarme. A su debido tiempo, estaré preparada para volver a soñar con lo mismo o con otra cosa, de cometer los mismos errores o algunos nuevos. Es probable que vuelva con Charlie, pero desearía, por una vez, poder ser mi propio papi. Y mañana… no, hoy, me voy a disculpar las veces que haga falta, o tal vez me calle, por una vez. Primero tengo que quedarme aquí un rato flotando entre las flores. Como si me lo mereciera.

Más allá ve la higuera en la que se sentó para hacer de Sylvia Plath, muerta de hambre, mientras los higos la llamaban y caían a tierra. Se mece en el agua. ¿Y si fuera suficiente? ¿Y si encaramarse a la copa de un árbol y contemplar los higos con pavor porque hay muchísimos fuera suficiente para toda una vida?

—Tal vez me gustaría sentarme con una pila de papel y escribir sobre todos y cada uno de los higos, quizá quiero probar algunos y, al tratar de agarrarlos, caer y hacerme muchísimo daño, y volver a encaramarme al árbol como una tonta valiente. A lo mejor elijo ser veleidosa, estar enamorada de todo esto, comprometida por todo esto. No tengo que casarme. Tengo solo una vida y quiero pasármela sentada en lo alto de un árbol, soñando y escribiendo un poco. Aunque nunca pase nada.

Y, como se queda ahí tumbada, como sigue viviendo, ve dos siluetas que regresan juntas del bosque y no cree lo que ve cuando una de ellas tira de la otra para darle un largo abrazo en la linde del bosque, le parece que intercambian unas palabras en susurros antes de meterse en la casa. Todo se eleva en su interior, silencioso como el aire, mientras un par de lágrimas saladas se mezclan con el agua salobre del lago.

Sí que existen los milagros.

Con eso basta.

No necesita que le pasen a ella.

DÍA 7

La luz va en aumento. Karen despierta y se da cuenta de que está muy descansada, de que ha dormido muy bien. Tiene que levantarse y ponerse en marcha, darse una ducha, seguir adelante para volver lo antes posible a la vida real. Pero primero, la boda. Será fácil, casarse es una tontería.

UNA DEUDA DE GRATITUD

Se me da tan bien pedir ayuda y atención que tengo muchísimos agradecimientos por repartir. Es un gran privilegio.

Gracias a las personas generosas que leyeron esta novela mientras se creaba. Gracias por ser más espléndidos que yo, por regalarme vuestro tiempo y ánimos, por echarme la bronca, por las copas y los memes y la inspiración, por vuestros comentarios inteligentes y vuestra química sin parangón, por ser irresistibles y darme unas citas buenísimas. Por ser amigos, compañeros, problemas muy divertidos y deseables siempre dispuestos a debatir lo engorrosas y mágicas que pueden ser estas categorías.

Gracias a Jeppe por el título (y por ser una reina del critiqueo encerrada en el cuerpo de un hombre hetero). A Ane Kirstine, Selma, Johannes, Elin, Anne, Cecilie, Caroline, Storm, Liv, Lucia, Johanne, Tatiana, Mia, Cecilie, Lasse, Kathrine, Nanna, Sophie-Lønne, Felix, Gyrith, Nina y muchos más por leerme, por el *hype* y por prestarme vuestras confidencias. Gracias al periódico *Weekendavisen* por tener una política de permisos ejemplar. A mi editora Iben, porque me cuesta imaginar una lectora más benévola y exigente.

Me llena de alegría que esta novela no se escribiera en soledad, y os debo gratitud eterna.

Por suerte, estar en deuda no tiene nada de vergonzoso, y las deudas de gratitud tampoco. Pensar que lo ideal es no deber nada es una idea forzada por la modernidad. Como me dijo una vez una escritora muy inteligente a quien tuve la suerte de entrevistar: «Estar en deuda unos con otros, estar conectados es algo bueno. Es bueno debernos algo».

No tenemos por qué estar siempre tan solos.

El infierno no son los demás. El infierno es la logística, y la logística se puede gestionar.

Un agradecimiento especial a Amanda Herskind, que pronto se convertirá en Amanda Ernst. Por el amor. Y por todo.

Te quiero.

¿TE HA GUSTADO
ESTA HISTORIA?

Escríbenos a...

Y cuéntanos tu opinión.

Conoce más sobre nuestros libros en...

 plataeditores

 PlataEditores